T0203377

Canciones para el incendio

Juan Gabriel Vásquez

Canciones para el incendio

ALFAGUARA

Papel certificado por el Forest Stewardship Council®

Primera edición: abril de 2019

© 2018, Juan Gabriel Vásquez
c/o Casanovas & Lynch Agencia Literaria, S. L.
© 2018, Penguin Random House Grupo Editorial, S. A. S.
Cra 5A No 34A – 09, Bogotá – Colombia
© 2019, Penguin Random House Grupo Editorial, S. A. U.
Travessera de Gràcia, 47-49. 08021 Barcelona

© Diseño: Penguin Random House Grupo Editorial, inspirado en un diseño original de Enric Satué
© Imagen p. 261: Archivo personal del autor

Printed in Spain – Impreso en España

ISBN: 978-84-204-3244-1
Depósito legal: B-2382-2019

Impreso en EGEDSA, Sabadell (Barcelona)

AL32441

Penguin
Random House
Grupo Editorial

A Carlota y Martina,
compañeras de viaje

Lo acosarán interminablemente
los recuerdos sagrados y triviales
que son nuestro destino, esas mortales
memorias vastas como un continente.

JORGE LUIS BORGES, *«El fin»*

Quiero saber de quién es mi pasado.

JORGE LUIS BORGES, *«All our yesterdays»*

Mujer en la orilla

I

Siempre he querido escribir la historia que me contó la fotógrafa, pero no hubiera podido hacerlo sin su permiso o su connivencia: las historias de los otros son territorio inviolable, o así me ha parecido siempre, porque muy a menudo hay en ellas algo que define o informa una vida, y robarlas para escribirlas es mucho peor que revelar un secreto. Ahora, por razones que no importan, ella me ha permitido esa usurpación, y sólo ha pedido a cambio que yo cuente la historia tal como ella me la contó esa noche: sin retoques, sin adornos, sin fuegos artificiales, pero también sin artificiales sordinas. «Comience donde comienzo yo», me dijo. «Comience con mi llegada al hato, cuando vi a la mujer.» Y eso me dispongo a hacer aquí, y lo haré con plena conciencia de que soy la forma que ella ha encontrado de ver su historia contada por otro y así entender, o tratar de entender, algo que se le ha escapado siempre.

La fotógrafa tenía un nombre largo y largos eran sus apellidos, pero todos le decían Jota. Se había convertido con los años en una suerte de leyenda, una de esas personas de las que *se saben cosas:* que siempre vestía de negro; que no se tomaría un aguardiente ni para salvar la vida. Se sabía que hablaba sin prisas con la gente antes de sacar la cámara del morral, y más de una vez los periodistas escribieron sus crónicas con el material de lo que ella recordaba, no con lo que ellos habían logrado averiguar; se sabía que los otros fotógrafos la seguían o la espiaban, creyendo que no se daba cuenta, y solían pararse detrás de ella en el intento vano de ver lo que ella veía. Había fotografiado la violencia con más asiduidad (y también con más empatía) que ningún otro reportero gráfico, y suyas eran las imágenes más desgarradoras de nuestra guerra: la de la iglesia destrozada por un cilindro de gas de la guerrilla entre cuyos escombros sin techo llora una anciana; la del brazo de una joven con las iniciales, marcadas a cuchillo y ya cicatrizadas, del grupo paramilitar que había asesinado a su hijo en su presencia. Ahora las cosas eran distintas en ciertas zonas afortunadas: la violencia estaba en retirada y la gente volvía a conocer algo parecido a la tranquilidad. A Jota le gustaba visitar esos lugares cuando podía: para descansar, para huir de su rutina o simplemente para ser testigo de primera mano de aquellas transformaciones que en otros tiempos habrían parecido ilusorias.

Así fue como llegó al hato Las Palmas. El hato era lo que había sobrevivido de las noventa mil hectáreas que alguna vez pertenecieron a sus anfitriones. Los Galán nunca habían salido de los Llanos ni tenían proyectos de rehacer la casa vieja, y vivían satisfechos allí, moviéndose descalzos por el suelo de tierra sin espantar a las gallinas. Jota los conocía porque había visitado la misma casa veinte años atrás. Por entonces, los Galán le habían alquilado la habitación de una de sus hijas, que ya se habían ido a estudiar Agronomía a Bogotá, y desde la ventana Jota veía el espejo de agua, que era como llamaban a un río de unos cien metros de ancho, tan tranquilo que más parecía una laguna; los chigüiros cruzaban el río sin que la corriente los desviara, y en medio del agua se asomaba a veces, flotando inmóvil, una babilla aburrida.

Ahora, en esta segunda visita, Jota no dormiría en esa habitación llena de cosas ajenas, sino en la cómoda neutralidad de un cuarto de huéspedes con dos camas y una mesita de noche entre ellas. (Pero ella sólo usaría una, y hasta le costó escoger cuál). Todo lo demás seguía igual que antes: ahí estaban los chigüiros y las babillas, y el agua tranquila, cuya quietud se había agravado por la sequía. Sobre todo, ahí estaba la gente: porque los Galán, tal vez por su renuencia a salir del hato más que para comprar insumos, se las habían ingeniado para que el mundo viniera a ellos. Su mesa, un tablón enorme al lado de la cocina de carbón, estaba invariablemente llena de gente de todas partes, visitantes de los hatos vecinos o de Yopal, amigos de sus hijas con o sin ellas, zoólogos o veterinarios o ganaderos que venían a hablar de sus problemas. Así era también esta vez. La gente manejaba dos o tres horas para venir a ver a los Galán; Jota había manejado siete, y lo había hecho con gusto, tomándose el tiempo de descansar cuando ponía gasolina, abriendo las ventanas de su campero viejo para disfrutar los cambios de olor de la carretera. Algunos lugares tenían cierto magnetismo, acaso injustificado (es decir, hecho con nuestras mitologías y nuestras supersticiones). Para Jota, Las Palmas era uno de ellos. Y esto buscaba: unos cuantos días de quietud entre pájaros con pico de cuchara e iguanas que bajaban de los árboles para comer mangos caídos, en un lugar que en otros tiempos había sido territorio de violencias.

De manera que allí estaba la noche de su llegada, comiendo carne con troncos de plátano debajo de un tubo de luz blanca y sentada junto a una docena de desconocidos que, visiblemente, eran desconocidos también entre ellos. Estaba hablando de cualquier cosa —de cómo esta zona se había pacificado, de cómo ya no había extorsiones y era raro que se robaran el ganado— cuando oyó el saludo de una mujer que acababa de llegar.

«Buenas y santas», dijo ella.

Levantó la cabeza para saludarla, como hacían todos, y la oyó disculparse sin mirar a nadie y la vio acercar una silla de plástico, y sintió algo parecido al reconocimiento. Le tomó unos segundos recordar o descubrir que la había conocido allí mismo, en el hato Las Palmas, veinte años atrás. Ella, en cambio, no recordaba a Jota.

Más tarde, cuando ya la conversación se había mudado a las hamacas y las mecedoras, Jota pensaría: mejor así.

Mejor que no la haya reconocido.

II

Veinte años atrás, Yolanda (así se llamaba aquella mujer) había llegado como parte de una comitiva. Jota se había fijado en ella desde el principio: en su compostura de presa vigilada, en su paso tenso, en esa manera de moverse como si tuviera prisa o cumpliera un recado. Quería parecer más seria de lo que era en realidad, y sobre todo más seria que los hombres del grupo. Durante el desayuno del primer día, cuando la mesa se trasladó a la sombra de un árbol del cual caían mangos con el golpe seco de una bola de petanca (y sí, ahí estaba la iguana acechante), Jota miró a la mujer y la oyó hablar, y miró a los hombres y los oyó hablar, y supo que venían de Bogotá y que el hombre del bigote, al que los demás hablaban con docilidad y aun con pleitesía, era un político de segunda línea cuyos favores perseguían los terratenientes de la zona. Lo llamaban Don Gilberto, pero en el uso de su nombre de pila, por alguna razón, Jota detectaba más respeto que si lo hubieran llamado por su apellido o su cargo. Don Gilberto era uno de esos hombres que hablan sin mirar a nadie y sin invocar el nombre de nadie, y sin embargo todos saben a quién están dirigidas sus palabras o sus sugerencias o sus órdenes. Yolanda se había sentado a su lado con la espalda recta, como si tuviera una libreta lista para tomar notas, para recibir encargos o dictados. Al acomodarse en la banca (allí afuera no había sillas, sino una larga banca de tablones de madera que todos los comensales debían cómicamente levantar al mismo tiempo para sentarse), había movido su plato y sus cubiertos para alejarlos de los del hombre: cinco centímetros, no más que eso, pero Jota se había percatado del gesto y lo había encontrado elocuente. En la luz que se abría entre ellos, en la esmerada voluntad de no tocarse, estaba pasando algo.

Hablaron de las próximas elecciones; hablaron de salvar al país de la amenaza comunista. Hablaron de un muerto que había bajado en días pasados por el río, y todos estuvieron de acuerdo en que algo habría hecho: al que no debe nada no le pasan esas cosas. Jota no habló de la casa que había visitado esa mañana, a media hora de carretera, donde un profesor de escuela había sido acusado de adoctrinar a los niños, encontrado culpable y decapitado para escarmiento de sus alumnos adolescentes; tampoco habló de las fotos que le tomó al alumno cuya suerte fue encontrar la cabeza en el pupitre del profesor. Sí se habló, en cambio, de música llanera:

uno de los comensales resultó ser autor de varias canciones; Jota había oído una de ellas, y sorprendió a los demás (y se sorprendió a sí misma) recitando el coro, unos versos donde galopaban los jinetes y el sol de la tarde era del color de unos labios. Sintió que había llamado la atención de los otros, acaso de manera indebida. Sintió, también, que aliviaba a Yolanda; que las miradas de los hombres sobre Yolanda se volvían más livianas. Sintió que ella se lo agradecía sin palabras.

Antes del último café, el señor Galán dijo:

«Esta tarde hay caballos para el que quiera. Mauricio los lleva a dar un paseo y así conocen la propiedad.»

«¿Y qué hay que ver?», dijo el político.

«Ah», dijo Galán, «aquí se ve de todo».

Jota dejó que se le fueran las horas en una hamaca verde, alternando cervezas y aguapanela, haciendo siestas inconstantes y leyendo un libro de Germán Castro Caycedo. A la hora convenida, se acercó a la caballeriza. Ahí estaban: cuatro bestias ensilladas miraban al mismo punto del horizonte. El hombre que iba a guiarlos llevaba pantalones arremangados y un cuchillo en el cinto; Jota se fijó en la piel de los pies descalzos, cuarteada como la tierra reseca, como el lecho de un río del que el agua se ha ido. El hombre apretaba cinchos y alargaba estribos cuando los invitados se subían a sus caballos, pero nunca miraba a nadie a la cara, o tenía el tipo de gesto que provoca esa impresión:

los pómulos duros, ranuras en vez de ojos. Le indicó a Jota un caballo que a ella le pareció demasiado escuálido; luego, ya montada, Jota se sintió cómoda en la silla y se olvidó de los reparos. Cuando arrancaron, se dio cuenta de que el político no había venido. Ahí estaban Yolanda y tres de sus compañeros: el de estudiadas patillas, el del pelo engominado, el que siseaba al hablar y hablaba más alto (con cierta agresividad) para disimular o atenuar sus complejos.

El cielo se había abierto: una luz amarilla les daba en la cara mientras avanzaban por tierras áridas, entre cráneos de vacas o de chigüiros, bajo el vuelo de chulos atentos. El calor había disminuido, pero no había viento, y Jota sentía el sudor en la parte baja de la espalda. Un leve olor a mortecina aparecía de vez en cuando. A Jota le habían puesto una manta de lana en la silla, para amortiguar los rigores del cuero duro, pero algo debía de estar haciendo mal, pues dos veces intentó galopar y dos veces sintió dolores en la pelvis. De manera que se quedó atrás, como si cuidara al grupo. Adelante, Mauricio señalaba cosas sin hablar, o hablando tan bajo que Jota no alcanzaba a oírlo. No era grave: bastaba con buscar lo que su brazo señalaba para encontrar el pájaro de colores raros, el gigantesco nido de avispas, el armadillo que provocó emociones en el grupo.

En cierto momento, Mauricio se detuvo. Indicó silencio a los demás y señaló hacia un conjunto de árboles que Jota no habría llamado bosque. En el fondo, la cabeza erguida como olfateando el aire, estaba un venado.

«Qué lindo», susurró Yolanda.

Eso fue lo último que Jota le oyó decir antes del accidente. La caravana se puso en marcha de nuevo, y lo que pasó entonces pasó muy rápido. Jota no se dio cuenta de las cosas, de la secuencia de las cosas en el momento en que sucedieron, pero luego las explicaciones abundarían: que Yolanda había soltado la rienda, que el caballo había comenzado a galopar, que Yolanda había apretado las piernas (el reflejo de quien intenta sostenerse) y el caballo se había desbocado. Esto sí lo vio Jota: el caballo hizo un giro veloz y arrancó a una velocidad explosiva en dirección al hato, y Yolanda no pudo hacer más que aferrarse al cuello (ni siquiera intentó buscar las riendas, o las buscó y no las encontró en medio de su esfuerzo por no caer), y fue entonces cuando Mauricio arrancó también en una maniobra milagrosa, algo que Jota nunca había visto, y con su caballo le cortó el camino al caballo rebelde, y con el cuerpo de su caballo y con su propio cuerpo lo chocó y lo derribó. Fue un movimiento de una destreza inverosímil, y habría convertido a Mauricio en un héroe fugaz (el que corta de raíz una situación peligrosa y evita que pase a mayores) si Yolanda no hubiera salido despedida hacia delante de mala manera, si su cabeza no se hubiera estrellado contra el suelo, contra sus grietas secas en las cuales asomaban piedras cubiertas de polvo.

Jota bajó de su caballo para ayudar (un salto de bailarina) aunque no había nada que pudiera hacer. Mauricio, en cambio, ya estaba sacando un radioteléfono de una alforja y llamando a la gente del hato para que mandaran un carro, para que empezaran a buscar a un médico. El caballo caído se había levantado ya. Estaba allí, quieto, mirando a ninguna parte: se había olvidado de la urgencia por volver a casa. También Yolanda estaba quieta, acostada sobre su vientre, con los ojos cerrados y los brazos debajo del cuerpo, como una niña que duerme en una noche fría.

Después, cuando el señor Galán se llevó a Yolanda a una clínica de la ciudad, se debatió mucho sobre la reacción del llanero. No habría debido derribar al otro caballo, decían unos; otros alegaban que había hecho lo correcto, porque un caballo que se desboca es más peligroso para su jinete cuanto más se le deje avanzar (la velocidad, la dificultad de mantener el equilibrio). Se contaron anécdotas de otros tiempos; se habló de niños inválidos; se dijo que en los Llanos *se aprendía a caer*. Don Gilberto escuchaba las discusiones en silencio, con el gesto deformado por algo que parecía menos preocupación que rabia, la rabia del dueño de un juguete que los demás no han cuidado. O tal vez Jota no lo estaba interpretando bien. Era difícil leer su silencio; pero en la noche, cuando Galán llamó desde la clínica para dar las últimas noticias, se le vio turbado. Había comenzado a beber whisky en el mismo vaso que le había servido para la aguapanela, acostado en una hamaca de colores, pero no balanceándose, sino anclado al suelo de baldosa con un pie de uñas sucias. Todo él era una pregunta. La información que le transmitieron no lo dejó satisfecho.

Yolanda estaba en coma inducido. Tenía el brazo izquierdo muy magullado, pero no se había roto nada; la cabeza, en cambio, había recibido un golpe que hubiera podido matarla en el instante, y que había provocado un hematoma de consecuencias imprevisibles. Ya los médicos le habían trepanado el cráneo para aliviar la presión de la sangre, pero todavía había riesgo, o, por mejor decir, todavía era imposible nombrar los muchos riesgos que persistían. «No estamos del otro lado», dijo el hombre que habló con Galán, acaso con las mismas palabras que el médico había usado con él. Era uno de los miembros de la comitiva, uno de los más obsequiosos y, al mismo tiempo, de los menos visibles, y era raro oírlo a él describir la piel rota por la tierra dura, la cara hinchada y oscurecida. Don Gilberto recibió las palabras con una mueca arisca en la boca y se sirvió otro vaso de whisky, y Jota pensó en esa forma extraña que adopta el poder: es un subalterno —un asistente, un empleado— quien nos informa de la suerte de otro, otro que nos importa. Tal vez a eso se debió que Jota sintiera, ante la preocupación del hombre, algo frío, algo remoto.

Pasada la medianoche, ya borracho o hablando como borracho, Don Gilberto se despidió. Jota se quedó un rato más, un rato hecho de silencios densos o de susurros prudentes, como si la convaleciente estuviera en el cuarto de al lado. El hombre que siseaba se había tomado también sus tragos y ahora trataba de que Jota le aceptara un vaso de whisky demasiado lleno. Mientras fingía tomárselo, Jota se sintió de repente invisible, pues los demás habían comenzado a hablar como si ella no estuviera.

«El jefe está asustado», decía uno.

«Claro», decía otro. «Es que no es cualquiera.»

«Es Yolanda, y él...»

«Sí. Es Yolanda.»

«Se muere si le pasa algo.»

«Eso sí. Si le pasa algo, se muere.»

Las voces se confundían. Una voz era todas las voces. Jota comenzaba a sentirse cansada (ese cansancio traicionero con que nos desgastan las emociones ajenas). Se hundió en la hamaca y fue como si alguien la arropara. No supo en qué momento se quedó dormida.

Cuando despertó, los demás se habían ido a sus cuartos. Habían apagado la luz del corredor de las hamacas, de manera que Jota se encontró en un lugar oscuro de siluetas apenas perceptibles. Olía a

24

aceite quemado; el único sonido, el que llenaba la noche, era el coro de las ranas y los insectos sin nombre. El resplandor de un bombillo remoto le permitió llegar hasta la cocina abierta, caminando con dificultad entre perros echados y materas de geranios, y encontrar la nevera: se serviría un vaso de aguapanela con hielo y se iría a su cuarto, como todo el mundo. Y al día siguiente pediría noticias de la otra mujer, pasaría la mañana en el hato y tomaría algunas fotos y después del almuerzo volvería a Bogotá. Eso decidió. Pero entonces, mientras se servía la aguapanela sobre el mesón de madera, su mirada buscó el río quieto, tal vez por ver si las babillas salían de noche. No vio babillas, pero sí una silueta del tamaño de un chigüiro grande que se levantaba en la ribera. Jota avanzó hasta el cercado de madera y desde allí sus ojos, acostumbrándose a la oscuridad, distinguieron un sombrero, luego un hombre sentado, luego que ese hombre era Don Gilberto. Después se preguntaría por qué, en vez de irse a la cama, había decidido acercarse al hombre. ¿Por lo que había visto durante el desayuno, acaso, o acaso por la singular preocupación del jefe?

«Buenas noches», le dijo cuando lo tuvo cerca.

Don Gilberto apenas se giró. «Cómo le va, señorita», dijo sin interés.

Jota supo que había seguido bebiendo y fugazmente se preguntó si era prudente quedarse junto a él. Pero una curiosidad de origen impreciso fue más fuerte que esas prevenciones. El hombre estaba sentado sobre la pelusa —sobre el pasto ralo que crecía sin convicción en ese punto de la ribera— con las rodillas entre los brazos y la espalda encorvada. Jota buscó un espacio libre de cagadas de chigüiro y se sentó sin pedir permiso, no al lado del hombre, pero lo bastante cerca como para mantener una conversación. De noche, las aguas reflejaban la luna neblinosa, y Jota trató de recordar el nombre que tiene el camino de luz que la luna forma en el mar. Pero no lo consiguió; y además esto no era el mar, sino un agua quieta de los Llanos Orientales, y aquí no había camino, sino un leve resplandor blancuzco.

Jota le alargó la mano y dijo su nombre.

«Sí, ya sé quién es usted», dijo Don Gilberto, esforzando las consonantes, que de todas maneras le salían arrastradas. «La fotógrafa, ¿no? Viene de Bogotá.»

«Qué memoria», dijo Jota. «Pero así son los políticos, se acuerdan de todo el mundo.»

Don Gilberto no respondió al comentario. Jota añadió:

«Siento mucho lo de su asistente.»

«Sí», dijo Don Gilberto. «Cómo le parece el problemita.»

¿Problemita? Yolanda podía salir del coma con graves deficiencias mentales, o con la motricidad perturbada; también podía no salir de él, quedarse enredada en ese sueño artificial y no volver a la vida. Aquello era mucho más que un problemita, pensó Jota, y pensó que su curiosidad no se había equivocado.

«Bueno, yo no lo llamaría así», dijo Jota. «La cosa es grave. ¿A usted no lo preocupa...?»

«Yo sé que la cosa es grave», la cortó Don Gilberto.

«Claro», dijo Jota. «Yo no...»

«No me venga a sermonear, que usted no la conoce», dijo el hombre. «Yo sí. Yo sé quién es ella y sé lo que pasaría».

No completó la frase. «Perdón», dijo Jota. «Me expresé mal.»

«Si ella se muere, se me muere a mí, no a usted.»

«Sí», dijo Jota. «Perdón.»

Entonces el hombre se sacó de entre las piernas una cantimplora de aluminio, le quitó la tapa que servía de copita y bebió un trago. El aluminio soltó un tímido destello de luz blanca, como el agua quieta. Luego, Don Gilberto volvió a llenar la copita y se la ofreció a Jota.

«No, muchas gracias», dijo ella. Pensó que aceptar un trago podría lanzar una señal equivocada.

El hombre bebió la copita y tapó la cantimplora. «¿Usted qué cree que pase?», preguntó.

«¿Con ella?», dijo Jota estúpidamente. «No sé, no soy médico. Dicen que en estos casos pueden quedar secuelas.»

«Sí, ¿pero qué clase de secuelas? ¿Queda inválida la gente, por ejemplo?»

«No sé», dijo Jota. «Me imagino que sí, que es posible.»

«¿O queda mal de la cabeza? ¿Queda confundida, digamos, queda con amnesia? Mejor dicho: ¿se le olvidan las cosas?»

«Ah, ya veo», dijo Jota. «A usted le preocupa lo que ella sabe.»

Don Gilberto, por primera vez, giró la cabeza (su posición no le permitía hacerlo fácilmente) y miró a Jota. A pesar de la penumbra, Jota encontró en sus ojos entrecerrados esa especie de somnolencia de quien ha bebido. No, no era somnolencia: era como si algo le hubiera entrado en los ojos y los tuviera irritados.

«¿Cómo así?», dijo Don Gilberto. «¿Qué quiere decir?»

«Nada, nada», dijo Jota. «Que ella trabaja con usted y que tal vez tenga conocimientos importantes, información importante. Nada más.»

Don Gilberto volvió a mirar hacia el río.

«Conocimientos importantes», repitió.

«Sí», dijo Jota. «Supongo yo.»

«Pues sí, señorita, creo que usted tiene razón», dijo Don Gilberto. Se sirvió otra copita de whisky en la tapa de su cantimplora de aluminio, luego otra, como si le hubiera entrado una suerte de urgencia, y siguió hablando. «Pero es que uno no sabe, ¿no le parece?, uno no sabe lo que pasa en la cabeza de una persona así. Una persona que ha sufrido un accidente así. Como el de Yolanda. Mi asistente. Yolanda, mi asistente. Está en coma, puede que salga bien o que salga mal, y ahora está en coma. ¿Y qué pasa en esa cabeza? ¿Qué recordará cuando se despierte? ¿No se le olvidará nada? Información importante, sí. Información de todos estos años que lleva conmigo: son varios, tres o cuatro. En estos años uno se entera de muchas cosas, amiga. Conocimientos importantes. Que se pueden perder, ¿no? Usted lo ha dicho. Claro, eso es lo que me preocupa a mí: que se pierdan esas cosas que ella sabe. ¿Usted cree que es posible? ¿Que ella se despierte y se le hayan olvidado las cosas, así como así? ¿Usted cree que eso pasa?»

«Sí», dijo Jota. «Tristemente.»

Don Gilberto hizo un ruido ambiguo con la garganta: ¿era asentimiento, era resignación? Sonaban las ranas; sonaba algo que para Jota podía ser o no una chicharra. Se miró la muñeca y descubrió, en la poca luz, que ya eran más de las dos de la mañana. La noche se había enfriado y había una nota incómoda en la conversación con aquel hombre, una disonancia o una forma de hostilidad. La curiosidad de Jota se topó con el límite del cansancio. Se puso de pie y desde arriba le habló al sombrero:

«Bueno, veremos cómo amanece todo mañana.»

El sombrero asintió: «Pues sí. Veremos.»

Jota empezó a caminar de regreso a la casa, de regreso a su cuarto. Al día siguiente volvería a Bogotá. La noche era azul y negra y la refrescaba una brisa que no hacía ruido. Tenía que estar atenta para no meter el pie donde no debiera, y esto era frustrante, porque Jota hubiera querido levantar la cara y caminar sin preocupaciones, respirar hondo y sentir los olores pesados del hato. Hizo un rodeo para no llegar demasiado pronto a su habitación, para mantener la oscuridad del mundo, y el rodeo la condujo a una esquina donde colgaba una hamaca solitaria. No era una zona social: más bien un espacio privado donde (imaginó Jota) el señor Galán haría sus siestas. Se echó en la hamaca y se quedó allí, balanceándose en la oscuridad, y en la oscuridad repasó los hechos del día: el desayuno, los cubiertos que Yolanda separó de los de su jefe, la cabalgata que tan bien comenzaba y luego el error de Yolanda (soltar las riendas del caballo) y la maniobra del llanero, esa maniobra veloz y experta que en su memoria se alargaba para dejarle ver el rostro de Yolanda, la expresión de seriedad ansiosa que nos transforma las facciones en una emergencia, en un momento de terror, en el segundo que es la antesala de algo grave. Y en su memoria se aparecía también la cara de Don Gilberto, aunque no hubiera estado presente. Jota había bajado del caballo para atender a la mujer caída y ahí estaba primero el jefe, en cuclillas junto a ella, estirando la mano como si quisiera sostenerle la cabeza, pero sin llegar a hacerlo. Cuando quiere nuestra atención, la memoria suele apelar a la distorsión o al engaño.

«Mierda», dijo Jota.

Mucho después, al hablar de ese día, Jota dejaría un vacío en este punto del relato. Lo explicaría diciendo que allí, en la hamaca, se dio cuenta de algo, pero que no supo y no sabría nunca de qué se había dado cuenta. «Mierda», había dicho en voz baja, y lo dijo como cuando se nos cae un vaso que se revienta contra el suelo, o como cuando nos acordamos de algo importante que hemos olvidado en casa (y nos damos una fuerte palmada en el costado, o dejamos caer sobre el timón el filo del puño). Contaría que se levantó de la hamaca y empezó a caminar hacia su cuarto, pero a mitad de camino (iba pasando junto al corredor donde horas antes se había quedado dormida) dio media vuelta y bajó al suelo de tierra del jardín, de lo que los Galán llamaban jardín, y pateó un mango caído y se metió entre las tablas de la cerca de madera para salir a la ribera, al espacio donde comenzaba la ribera, y confirmó que Don Gilberto seguía allá, sentado cerca del río quieto.

Jota, fantasmal, llegó junto a Don Gilberto y trató de hacerse notar arrastrando los pies al acercarse. Se sentó no al lado del hombre, sino casi de frente, para verle mejor la cara. Y entonces se lo dijo:

«Don Gilberto, lo siento mucho. Acabo de enterarme.»

«¿Qué pasó?»

Jota pensó que le convenía el silencio. Don Gilberto volvió a hablar.

«¿Qué pasó? ¿Se murió Yolanda?»

«Lo siento mucho», dijo Jota.

Y entonces lo vio. Jota vio lo que ocurrió en la cara de Don Gilberto, un encuentro de emociones, un movimiento de músculos, y después pensaría en el milagro del rostro humano, que con tan pocas herramientas puede transmitir más emociones de las que hemos aprendido a nombrar. La que Jota vio, la que se hizo presente en los ojos achinados y en el arco de las cejas, fue alivio. No es imposible que haya habido tristeza primero, o consternación, o un fugaz abatimiento, pero el abatimiento o la consternación o la tristeza cedieron su espacio al alivio, y la impresión fue tan fuerte que Jota, que había llegado a la ribera buscando esa revelación, tuvo que quitar la mirada, como si lo visto la avergonzara.

Poco antes de las primeras luces, algo la despertó. Un gallo cantaba lejos, como en otra finca. Jota buscó en la mesa de noche su reloj de pulsera: no llevaba más de tres horas de sueño. Sintió una corriente de aire y se dio cuenta entonces, con los ojos a medio cerrar, de que la puerta del cuarto estaba abierta. Pero ella recordaba bien (o creía recordar) que la había cerrado. La habría empujado un perro, pensó, o el viento. La cerró con cuidado de no despertar a nadie, y fue al volver a la cama cuando vio al hombre.

Don Gilberto estaba sentado en la otra cama, las manos sobre las rodillas. Jota oyó primero su respiración y luego sus palabras: «¿La asusté, señorita?»

Jota repasó en un instante sus ropas —pijama entera de pantalón y camiseta— y miró hacia la ventana, hacia la puerta.

«Qué pena asustarla», dijo Don Gilberto. Ahora Jota oyó en su voz las consonantes del borracho. «Quería contarle una vaina.»

«¿No puede ser más tarde?», comenzó Jota. «Estoy cansada, y—»

«No, tiene que ser ya», la cortó el hombre. «Es que averigüé una cosa.»

Jota seguía de pie, a un paso de la puerta. Trató de impostar la voz.

«Qué cosa.»

«Que Yolanda no se ha muerto», dijo Don Gilberto. «Increíble, ¿no?»

«Ah, pues sí. A mí me dijeron.»

«¿A usted le dijeron? Tan raro, ¿no? ¿Quién le dijo?»

Jota no contestó. El gallo, a lo lejos, volvió a cantar. La cara de Don Gilberto no se veía con nitidez; absurdamente, Jota pensó en un cuadro de Francis Bacon. Recortados contra la pared blanca, los hombros caídos de Don Gilberto le daban una apariencia melancólica, como si la mentira lo hubiera entristecido, pero en su voz (y en el alcohol de su voz) había la voluntad de amenazar, de causar miedo.

«Si viera lo poco que me gusta», dijo.

«Mire, Don Gilberto, yo no sé qué le habrán dicho, pero yo—»

«Que me engañen. Lo poco que me gusta que me engañen. Eso es muy feo, niña.»

Niña, pensó o registró Jota.

«A mí me dijeron», dijo ella.

«No, yo no creo. A usted no le dijeron nada. Y qué vaina, ¿no? Qué problemita. Qué hijueputa problema que tenemos.»

«Fue un error», dijo Jota.

«Ni el hijueputa», dijo el hombre. «Y es que eso no se hace, mamita. ¿Será que me va a tocar a mí enseñarle? ¿Enseñarle que eso no se hace?»

Jota se dio cuenta de que estaba de pie entre el hombre y la puerta. Se acercó a la ventana para hacerse visible, porque los primeros trabajadores comenzarían pronto a salir, y además porque así le dejaba el camino libre al hombre: como cuando uno abría una puerta y encendía la luz de afuera para que una polilla saliera de su cuarto.

El hombre dijo:

«Ustedes sí es que no aprenden». Y luego: «Usted se va hoy, ¿verdad, niña?». Y luego: «Sí, usted se va hoy. Para que no me la vuelva a encontrar, qué jartera».

Se incorporó despacio, como si le costara cargar con sus propios hombros, y salió a la madrugada.

III

«¿Y usted ya había venido antes a Las Palmas?»

Veinte años después, Jota se encontraba de nuevo frente a la mujer cuya muerte había fingido. A lo largo del sábado, cruzándose con ella en los corredores y coincidiendo con ella en la mesa del desayuno y en la del almuerzo, había intentado ver en sus facciones algún vestigio de lo ocurrido. ¿No quedaba eso grabado en un rostro? ¿Se podía acaso pasar por una experiencia semejante sin que el rostro la registrara para siempre? Pero lo que había en las facciones de Yolanda (ahora se percataba Jota de que nunca había sabido su apellido) no delataba nada. Debía de acercarse a los cincuenta, calculó Jota, pero había algo infantil en su mirada, algo inocente. Y ahora esta mujer inocente le preguntaba a Jota si había venido antes a Las Palmas. Y Jota no titubeó siquiera.

«Nunca», dijo. «Es la primera vez.»

«¿Y le gustan los Llanos?»

«Mucho, sí. Es como otro mundo.»

Si Yolanda quería jugar al lugar común, Jota podía responderle. Estaban en el corredor de las hamacas, cada una con una cerveza en la mano. Esperaban a que la cocinera anunciara que la comida estaba lista. Jota no había buscado la situación, pero había planeado sentarse al lado de Yolanda en la mesa del comedor. No había sido necesario: se la encontró aquí, poniéndose repelente en los tobillos y en los brazos, y le pidió un poco; y así comenzaron a hablar, al principio con la luz exigua de la tarde, luego bajo el resplandor blanco de un tubo de neón.

«Yo en cambio vengo todos los años», dijo Yolanda. «Claro, a mí me queda fácil, porque vivo en Yopal. Usted es de Bogotá, ¿cierto?»

«Cierto.»

«Uy, yo sí no podría. Qué frío.»

«Bueno, yo viajo mucho. Eso ayuda.»

«Por su trabajo, ¿no? Usted es fotógrafa.»

«Exacto.»

«¿Y qué tipo de fotos hace?»

«Periodismo», dijo Jota. «Estuve muchos años fotografiando el conflicto.»

«¿El conflicto?»

«La violencia, la guerra. Así me recorrí el país de un lado al otro.»

«Claro», dijo Yolanda. «¿Y qué buscaba? ¿Los sitios?»

«Los sitios, sí, pero también la gente. Las víctimas de la guerra, que son muchas.» Pausa. «Pero fíjese qué raro, no había venido nunca a esta parte de los Llanos.» Pausa. «Cerca sí, pero no por estos lados.» Pausa. «Por aquí hubo mucha violencia, ¿no?»

«Sí, en una época. Ya no.»

«¿Y a usted no le tocó nada? ¿Ni a su familia?»

«Ya las cosas están mucho mejor», dijo Yolanda.

«En todas partes», dijo Jota. «Usted no sabe lo que es esto, viajar por zonas que conocí hace diez o veinte años por una masacre o por lo que fuera, y ver que hoy es otra cosa. La cara de la gente cambia cuando no tiene miedo. La cara de la gente dice muchas cosas.»

«¿Y a la gente no le importa que usted les tome fotos?»

Desde la cocina, una terraza abierta donde una escuálida mujer negra se movía como si fuera un equipo, llegaban ruidos de ollas y olores. Iban a comer una gallina que los Galán habían mandado matar en la tarde. Jota había asistido al espectáculo del desplume; no había querido seguir viendo cuando la cocinera puso la gallina sobre una tabla, agarrada por el pescuezo, y sacó el cuchillo.

«No», respondió Jota. «Bueno, a veces. Pero casi nunca, porque antes hemos hablado, nos hemos conocido. A mí eso me da mucha rabia: los fotógrafos que van por ahí cazando tristezas ajenas. Yo nunca le he tomado una foto a nadie sin que antes me haya contado una historia». Pausa. «Por ejemplo, usted. Si le fuera a tomar fotos, primero me sentaría a hablar un buen rato, hasta que me contara sus historias. Lo que le ha pasado. Lo que le ha dejado la guerra.»

Yolanda soltó una risita. «Conmigo hubiera perdido el tiempo. Yo estuve de buenas.»

«Claro», dijo Jota. «Pero eso es raro. Todo el mundo tiene algo que contar.» Pausa. «Yo no he estado nunca en esta parte de los Llanos, como le dije, pero sí he estado cerca. En Arauca, cerca de la frontera con Venezuela. Por ahí hubo mucho lío hace veinte años.»

«¿Sí? No me acuerdo.»

«Yo conocí a una mujer en esa época. Había vivido los peores años sin que le pasara nada. Cuando la gente asesinada bajaba por el río, ella los veía y a veces los reconocía, pero ni a ella ni a su familia les pasó nada nunca. Luego comenzó a trabajar con un político, dos, tres años, llegó a confiar en él. Viajaban juntos para hacer campaña. Ella se convirtió en su mano derecha y él se lo decía todo el tiempo: "¿Qué haría yo sin usted? Yo sin usted me muero". Ese tipo de cosas. Un día, en un hotel de Bogotá, el jefe llamó a su puerta. Ella abrió, claro: ¿qué más hubiera podido hacer? A las seis de la mañana. Esto me lo contó esa mujer: que había sido a las seis de la mañana. No sé por qué le importaba tanto.»

Yolanda estaba mirando hacia la oscuridad, o hacia el río que se deslizaba en silencio más allá de la oscuridad. «Me parece que hay una mujer en la orilla», dijo.

Jota no dijo nada.

«En estos días encontraron una pitón aquí cerca. Estábamos hablando aquí en la terraza, como usted y yo, y vino uno de los muchachos. La pitón se había acercado buscando comida. La encontraron del otro lado del río, allá donde hay bosques. ¿Se imagina el miedo?»

Jota se volvió hacia el río, pero no vio a nadie. De la otra terraza, en cambio, venía la mujer negra. «Ya está la comida», dijo con una sonrisa dulce. Le faltaban los dos dientes de adelante.

Al día siguiente, mientras empacaba, Jota dedicó unos minutos a limpiar su cámara. Tenía por delante varias horas de carretera hasta Bogotá; tenía que llamar a la policía para confirmar el estado de la carretera, si había derrumbes o accidentes reportados, o si la voz le decía que no había novedad. Pero afuera hacía sol y había pasado el momento de más agite, cuando los trabajadores llegan a desayunar con los huéspedes y el olor de sus ropas de trabajo se mezcla durante unos segundos con el del café y los huevos. La casa había entrado en la breve quietud de la media mañana: ya todos han vuelto al trabajo y los visitantes se han ido a ver animales y los Galán están sentados revisando facturas o haciendo cuentas con un proveedor o un cliente. Jota salió de su cuarto, cámara en mano, y buscó a Yolanda. La encontró haciendo una siesta en una hamaca y, sin avisar, le tomó una foto.

Yolanda abrió los ojos. «¿Qué pasa?»

«Perdón», dijo Jota. «¿No le importa?»

«¿Pero aquí?»

«Sí», dijo Jota. «Ahí mismo, por qué no.»

Yolanda se recostó de nuevo. Jota le dio un par de instrucciones, retiró una lata de cerveza del encuadre y le dio vueltas a la hamaca para buscar la mejor luz, el mejor ángulo. Yolanda se llevó las manos a la cara; el disparador sonó una, dos veces. Yolanda preguntó: «¿No importa que salga llorando?».

«No importa», dijo Jota. «Llore todo lo que quiera.»

El doble

Ernesto Wolf. En la lista del curso nuestros apellidos eran vecinos, porque después del mío no suele haber muchos apellidos en Colombia (a menos que se trate de uno extranjero o de alguna curiosidad: Walsh o Zapata, Yammara o Zúñiga). El día del sorteo que nos mandaría o no al ejército, el orden alfabético dispuso que yo sacara la balota antes que él. En la bolsa de terciopelo vinotinto ya sólo quedaban dos, una azul y una roja, donde poco antes hubo más de cincuenta, el número de estudiantes que ese año eran candidatos al servicio. Sacar la balota roja me mandaría al ejército; la otra mandaría a mi amigo. El sistema era muy sencillo.

Esto ocurría en el Teatro Patria, un edificio vecino de la Escuela de Infantería donde ahora se proyectan malas películas y suele haber, de vez en cuando, una comedia, un solitario concierto, un acto de magia. Un acto de magia, sí, eso es lo que parecía el sorteo. Todos los bachilleres de último año fungían como público, y también algunos profesores más o menos solidarios; sobre el escenario, tres actores: un teniente de pelo estucado (tal vez era un teniente, pero no estoy seguro: no recuerdo bien sus hombros ni su solapa ni el bolsillo de su pecho, y de todas formas nunca he sabido reconocer rangos), una asistente uniformada y un voluntario que había subido, a regañadientes, para participar en la magia, para sacar la balota que podía desaparecerlo de la vida civil durante un año. La asistente, olorosa a naftalina, sostenía la bolsa de las balotas. Metí la mano, saqué la balota azul, y antes de que tuviera tiempo de pensar que había condenado a mi amigo, mi amigo había invadido el escenario para abrazarme, y provocaba la indignación del militar y la complicidad de la asistente, el guiño de su párpado azul, de su pestañina generosa.

El militar, teniente o lo que fuera, firmó con su kilométrico un papel de color hueso y marca de agua y sello repujado, lo dobló en tres y me lo entregó como quien entrega un trapo que huele mal, mordiendo al mismo tiempo la tapa de plástico: la tapa blanca y ensalivada, luminosa entre los dientes amarillos. Ernesto y la mujer, mientras tanto, conversaban; él no quería sacar su balota roja, porque ya era la última y el trámite le parecía superfluo, y no habría sorpresa posible para el público, aquella masa de bachilleres que compartían una misma idea del entretenimiento: que el vecino fuera reclutado. Pero la mujer y tal vez su maquillaje lo convencieron de meter la mano, de sacar la balota; y lo convencieron de otras cosas, también. Al día siguiente, a la hora del almuerzo, chilló mi teléfono.

«Qué cuerpo tenía, hermano», me dijo la voz empantanada de Ernesto. «No se le notaba debajo del uniforme.»

Después nos vimos otro par de veces, y luego vernos ya no dependió de nosotros. Inescrupulosamente ansioso, ofensivamente manso, Ernesto Wolf se incorporó a la Compañía Ayacucho de la Décima Brigada, en Tolemaida, a finales de agosto de ese mismo año. *Ayacucho:* la cacofonía no le decía nada, salvo un vago rumor de la escuela primaria. Ernesto, nieto de un extranjero naturalizado que se negó a pelear en la guerra de Corea y fue acusado de apátrida en un periódico de importancia, hijo de un padre que había crecido sin saber muy bien de dónde era —aunque hubiera sido bautizado con un nombre de santoral, para no desentonar—, no sabía gran cosa de Ayacucho en particular ni de las batallas de la independencia en general. Me pareció que la amistad me obligaba a echarle una mano a su patriotismo. Madrugué un domingo; en el monumento de Los Héroes saqué una polaroid y se la llevé a Tolemaida, envuelta en una página de periódico.

Ayacucho
Pichincha
Carabobo

Dos cacofonías y un insulto disfrazado, tallados todos sobre la piedra semisagrada de la independencia nacional: eso le entregué al soldado Wolf. Era agosto, he dicho, y el viento ya se levantaba, y en las zonas verdes alrededor del monumento había tendidos improvisados y vendedores de cometas, geometrías de papel de seda y esqueleto de bambú que no podrían aguantar la embestida de un chiflón de montaña. En Tolemaida, que no era montaña sino tierra caliente, no había viento: en Tolemaida el aire no se movía, no parecía moverse jamás. El dragoneante Jaramillo les ponía a los soldados una vieja boa sobre los hombros, y el tiempo que debían cargarla era una función de su indisciplina; el dragoneante Jaramillo, como amenaza o disuasión, le hablaba a la Compañía de la única leyenda urbana de esa comarca rural, el calabozo de Cuatro Bolas, donde un guajiro inmenso se daba gusto con los insurrectos de manera *non sancta*. Durante un año, Ernesto Wolf contó del dragoneante Jaramillo más de lo que había contado nunca sobre nadie. El dragoneante Jaramillo era responsable de la inmovilidad del aire, de las fiebres, de las ampollas que había en las manos, bajo los fusiles, durante los ejercicios de polígono. Era el responsable del llanto de los soldados más jóvenes (los había de quince años, bachilleres precoces) escondidos detrás de los galpones o en los baños, y en la noche con la almohada asfixiante sobre la cara. El dragoneante Jaramillo. Nunca supe su nombre; nunca lo vi, pero llegué a odiarlo. Los domingos, en las visitas a la Escuela de Lanceros o en la casa de los Wolf en Bogotá, Ernesto se sentaba —sobre el pasto seco, si la visita era en Tolemaida; si era en Bogotá, en la cabecera de la mesa— y contaba cosas; frente a él, sus padres y yo comíamos y nos mirábamos y odiábamos juntos al dragoneante Jaramillo. Pero ahora que lo pienso, tal vez me equivoque: Antonio, el padre, sólo estaba presente si el domingo era día de salida, y nunca puso un pie en la Escuela de Lanceros, como no lo puso en el Teatro Patria.

Uno de esos domingos, mientras esperábamos el bus que cada salida traía a Ernesto de Tolemaida, metidos en un carro con ventanas bien subidas (el polvo, el ruido de Puente Aranda), Antonio Wolf, que ya empezaba a apreciarme, dijo de repente: «Pero tú no hubieras querido». Dijo esa frase curiosa, que parecía incompleta pero no lo estaba, sin apartar del timón las manos de viejo boxeador, de campesino bávaro: las manos que nunca dejarían de parecer las de un recién llegado, aunque el inmigrante no hubiera sido él, sino su padre. Habló sin mirarme, porque la gente no suele mirarse dentro de un carro. Como el fuego o una pantalla de cine, el panorámico de un carro atrae las miradas, las acapara, las domina. Por eso dentro de un carro es más fácil decirse ciertas cosas.

«No hubiera querido qué», dije.

«Irte así», dijo él. «Irte a perder el tiempo. Ernesto sí quiso irse. ¿Y para qué? Para aprender a jurar tonterías, para aprender a disparar un fusil que no va a volver a usar en toda su vida.»

Yo tenía entonces dieciocho años. No comprendía las palabras: comprendía que Antonio Wolf, un hombre al que había llegado a respetar, me hablaba con franqueza y quizás también me respetaba. Pero yo no me había ganado ese respeto, porque había sido la suerte, no las ideas ni los principios, la responsable de que yo no hubiera entrado al lugar maldito donde se aprende a jurar tonterías y a disparar fusiles que nunca se usarán de nuevo, pero sobre todo donde se pierde el tiempo, el tiempo propio y el de nuestros padres también, donde se queda la vida enredada.

Y allí se quedó enredada la vida de los Wolf. Diecisiete días antes de terminar el servicio militar, Ernesto murió en medio de unas maniobras cuyo nombre desconozco. Una polea reventó, Ernesto cayó al vacío de treinta metros que se abría entre dos montañas, su cuerpo se estrelló contra las piedras a unos setenta kilómetros por hora, y todos están de acuerdo en que ya debía de estar muerto cuando cayó al fondo del valle, allí donde hay una cascada pequeña que suelen usar los novios de la región para perder la virginidad. Yo hubiera podido ir al entierro, pero no lo hice. Me limité a hacer una llamada; encontré el teléfono de los Wolf ocupado y no insistí. Mandé flores y una nota para explicar que estaba en Barranquilla, lo cual, por supuesto, era mentira, y recuerdo en particular el trabajo absurdo que me costó decidirme entre Barranquilla y Cali, escoger la ciudad que pareciera más verosímil o que generara menos escepticismos. No supe después si los Wolf me habían creído o si habían reconocido la mentira grosera: nunca contestaron a mi nota y yo nunca los busqué después del accidente. Empecé a estudiar Derecho, y a mediados de la carrera ya sabía que jamás la iba a ejercer, porque había escrito un libro de cuentos y en el proceso de hacerlo me había dado cuenta de que no quería hacer nada más en mi vida. Me fui a París. En París viví casi tres años. Me fui a Bélgica. En Bélgica, a diez minutos de un pueblo clandestino de las Ardenas, pasé nueve meses. En octubre de 1999 llegué a Barcelona; en diciembre de ese mismo año, mientras pasaba las fiestas con mi familia en Colombia, conocí a una mujer alemana que había llegado a Colombia en 1936. Le hice preguntas sobre su vida, sobre la manera en que su familia había escapado del nazismo, sobre las cosas que encontró en Colombia cuando llegó; ella contestó con una libertad que nunca he vuelto a encontrar, y yo anoté sus respuestas en los papelitos cuadrados de un pequeño bloc de escritorio, de esos que suelen llevar un dibujo o un logotipo en el flanco (en este caso era una frase célebre en italiano: *Guardati dall'uomo di un solo libro*). Años después usé esos papeles, esas respuestas —en una palabra: esa vida—, para escribir una novela.

La novela se publicó en julio de 2004. Su trama giraba alrededor de un inmigrante alemán que, hacia el final de la Segunda Guerra, era recluido en el Sabaneta, un hotel de lujo convertido por el gobierno colombiano en campo de confinamiento temporal para ciudadanos enemigos (enemigos de Roosevelt, simpatizantes de Hitler o de Mussolini). Investigar para la novela me había resultado particularmente difícil, porque aquellos temas siguen siendo sensibles o incluso prohibidos en muchas familias de la colonia alemana en Bogotá; y por eso me pareció tan irónico que después de publicado el libro se me acercara tanta gente a pedirme que ahora los escuchara a *ellos,* que ahora contara *su* historia. Meses después todavía seguía recibiendo correos electrónicos de alemanes o de hijos de alemanes que habían leído el libro y me corregían uno o dos datos —el color de una pared, por ejemplo, o la existencia de alguna planta en algún lugar preciso— y me reprendían por no haberme informado mejor y luego me ofrecían sus historias para mi siguiente libro. Yo respondía con evasivas corteses (por supersticiones que no puedo explicar, nunca he rechazado una oferta de manera tajante). Y semanas después me llegaba otro correo similar, o el correo de alguien que conocía a alguien que conocía a alguien que había estado en el Hotel Sabaneta y que podía darme información si yo la necesitara. Y fue por eso por lo que no me sorprendió recibir, en febrero de 2006, un sobre en cuyo reverso aparecía un nombre alemán. Confieso que tardé varios segundos en reconocerlo, confieso haber subido dos o tres escalones de la entrada de mi edificio antes de que se me apareciera la cara que iba con ese nombre. Abrí la carta en las escaleras, comencé a leerla en el ascensor y la terminé de pie en la cocina de mi apartamento, todavía con la maleta colgada al hombro, con la puerta de entrada abierta de par en par y las llaves puestas en la cerradura.

Fíjate qué curioso (me decía la carta), en español no hay una palabra para lo que soy yo. Si se muere tu esposa eres viudo, si se muere tu padre eres huérfano, pero ¿qué cosa eres si se muere tu hijo? Es tan grotesco que se muera tu hijo que el idioma no ha aprendido cómo llamar a esa gente, a pesar de que los hijos llevan toda la vida muriéndose antes que los padres y los padres llevan toda la vida sufriendo por la muerte de sus hijos. Te he seguido la pista (me decía la carta), pero hasta ahora había decidido no hacer nada al respecto. No buscarte, no escribirte, ¿sabes por qué? Porque te odiaba. Ya no te odio, o mejor dicho, hay días en que te odio, me levanto odiándote y deseando tu muerte, y a veces me levanto deseando que se mueran tus hijos, si es que tienes hijos. Pero otros días no. Perdóname por decirlo así, por carta, uno a la gente le debería decir cosas como ésta de frente, en vivo y en directo, pero en esta ocasión no se puede, porque tú estás allá, vives en Barcelona, y yo estoy acá, en una casita de Chía que me compré después del divorcio. Tú sabes del divorcio, me imagino, porque fue lo más comentado del año en Bogotá, todos los detalles feos salieron a la luz. En fin, no voy a entrar en eso, lo que me interesa ahora es confesarte que te odiaba. Te odiaba porque no eras Ernesto, porque hizo falta muy poco para que fueras Ernesto y sin embargo no fuiste Ernesto. Fueron al mismo colegio, sabían las mismas cosas, jugaban en el mismo equipo de fútbol, estuvieron en la misma fila el día del Teatro Patria, pero tú pasaste antes por la bolsa de las balotas, tú sacaste la balota que le tocaba a Ernesto. Tú lo mandaste a Tolemaida, y a mí eso no se me va de la cabeza. Si tú te llamaras Yammara o Zúñiga en lugar de llamarte como te llamas, mi hijo todavía estaría vivo, yo todavía tendría mi vida en las manos. Pero mi hijo está muerto, tiene este apellido de mierda y está muerto por tener este apellido de mierda, el apellido que aparece en su lápida. Y tal vez lo que pasa es que no me perdono por dárselo.

¿Pero por qué espero que entiendas todo esto? (me decía la carta). Si tú ni siquiera tuviste la berraquera de aparecerte por el cementerio para despedir a tu amigo de toda la vida. Si tú vives allá, lejos de este país donde uno presta el servicio militar y puede que no salga vivo, tú vives una vida cómoda, ¿a ti qué te va a importar? Si te has escondido desde la muerte de tu amigo por puro miedo de poner la cara y ver que hay una familia destrozada, que esta familia hubiera podido ser la tuya y no lo fue de puras vainas. ¿De qué tienes miedo? ¿Tienes miedo de que un día te toque? Te va a tocar (me decía la carta), eso te lo juro, un día te va a llegar un momento así, te vas a dar cuenta de que a veces uno necesita a los demás, y si los demás no están en el momento correcto puede venirse tu vida abajo. Yo no sé qué habría pasado en mi vida si hubiera podido darte un abrazo el día del entierro y decirte gracias por venir, o si hubieras ido a la casa a almorzar una vez por semana como hacías cuando Ernesto estaba en el servicio y tenía salida. Hablábamos del dragoneante Jaramillo, Ernesto nos contaba del calabozo aquel y de la boa que les ponían a los soldados en los hombros. A veces pienso que lo habría llevado todo mejor si hubiera podido recordar eso contigo sentado en la mesa. Ernesto te quería, iban a ser de esos amigos que uno tiene para toda la vida. Y tú habrías podido servirnos de apoyo, nosotros te queríamos (me decía la carta), te teníamos el cariño que te tenía Ernesto. Pero ahora (me decía la carta) ya todo eso es agua pasada: tú no estuviste, nosotros te necesitábamos y no estuviste, te escondiste y nos quitaste tu apoyo, y las cosas empezaron a ir mal en la casa, hasta que ya se acabaron de caer del todo. Fue en Navidad, hace ya diez años, cómo pasa el tiempo. Yo no me acuerdo muy bien de lo que pasó, pero la gente después me dijo que yo la había perseguido alrededor de una mesa, que Pilar había tenido que esconderse en un baño. De lo que sí me acuerdo, en cambio, es de haber cogido el carro para irme de la fiesta, y de que manejé sin saber muy bien adónde iba, y de que sólo después de parquear en cualquier parte me di cuenta de que estaba en Puente Aranda, en el mismo parqueadero adonde llegaban los buses de Tolemaida, en el mismo sitio donde tú y yo esperábamos a Ernesto a veces y donde tuvimos una vez una conversación que nunca se me va a olvidar.

Todo eso me decía la carta. Recuerdo, primero que todo, haber pensado: está enfermo. Está muriendo. Y recuerdo enseguida la sensación de desconcierto, no de tristeza ni de nostalgia ni de indignación tampoco (aunque cierta indignación, provocada por las acusaciones de Antonio Wolf, hubiera sido legítima). No contesté la carta; miré el reverso del sobre, confirmé que la dirección del remitente —esa casita en Chía— estaba completa, y guardé el sobre y la carta en la biblioteca de mi estudio, entre dos álbumes de fotos de mis hijas, esas hijas a las que Antonio Wolf les deseaba la muerte. Tal vez escogí ese espacio para repudiar la carta, para que la carta me provocara repudio; y tuve éxito, sin duda, porque en el año que siguió abrí muchas veces los álbumes y vi muchas veces las fotos de mis hijas, pero nunca volví a leer la carta. Y tal vez no la habría vuelto a leer si no hubiera recibido, en enero de 2007, la noticia de la muerte de Antonio Wolf. Un lunes de mucho frío me levanté, abrí mi correo electrónico; ahí estaba el mensaje colectivo, enviado por la asociación de

exalumnos de mi colegio. Se anunciaba el falleci-
miento —una palabra que siempre he detesta-
do—, se hacía constar la fecha y la hora de las exe-
quias —igual con esta palabra—, y se recordaba
que el difunto —una más— era padre de familia
del colegio, pero no se decía que su hijo había
muerto muchos años antes. Así que tres meses después, cuando tuve que volver a Bogotá, metí la carta entre mis papeles. Lo hice porque me conozco
bien, conozco mis rarezas y mis manías, y sabía que
me iba a arrepentir si dejaba pasar la oportunidad
de ver, aunque fuera de lejos, la casa en donde Antonio Wolf había vivido sus últimos años, los años
de su decadencia y de su muerte, y en donde había
escrito la carta más hostil y a la vez más íntima que
yo había recibido en toda mi vida. Dejé pasar un
par de días desde mi llegada, pero al tercero cogí el
sobre y, en un carro prestado, recorrí los treinta
kilómetros mal contados que van de Bogotá a
Chía.

Encontrar la casa no fue difícil: Chía es un pueblo minúsculo, y atravesarlo de un extremo al otro
no toma más de quince minutos. La numeración
de las calles me llevó a un conjunto cerrado: diez
casas de ladrillo barato, enfrentadas en dos líneas
de cinco y separadas por una explanada del mismo
ladrillo, o de un ladrillo del mismo color salmón
que siempre parece nuevo. En el centro de la explanada había un balón de fútbol (de los nuevos: uno
de esos balones de tonos plata y amarillo) y un ter-

mo de plástico. Había motos parqueadas frente a algunas casas; al fondo, un hombre sin camisa y con sandalias se perdía en el motor encendido de un Renault 4. Y en ésas estaba, parado en el andén frente a una portería de vidrios oscuros, entrecerrando los ojos para distinguir los números de las casas y averiguar cuál era la de Antonio Wolf, cuando salió el portero y me preguntó para dónde iba. Yo fui el primer sorprendido cuando lo vi regresar a su cubículo, llamar por el citófono y volver a salir para decirme: «Siga». Y seguí. Diez, veinte, treinta pasos; gente que se asoma a la ventana, detrás de cortinas de encaje, para ver al visitante; una puerta que se abre, una mujer que sale. Tiene unos cuarenta años. Lleva un delantal con dibujos navideños, a pesar de que la Navidad pasó hace cuatro meses, y se va secando las manos; bajo el brazo lleva una carpeta de plástico corrugado, de esas que se cierran y se abren con una lengüeta de velcro.

«Aquí le dejó don Antonio.» La mujer me alargó la carpeta. «Me dijo que usté iba a venir. Me dijo también que no lo dejara entrar, ni a tomar agua.»

En su voz había resentimiento, pero también obediencia: la obediencia de quien cumple un recado que no entiende. Recibí la carpeta sin mirarla; quise despedirme, pero la mujer ya se había dado la vuelta y caminaba hacia su puerta.

Al llegar al carro puse la carpeta encima de la carta: las dos misivas con que Antonio Wolf se había mantenido presente en mi vida dieciséis años después de que nos viéramos por última vez. Arranqué, para no quedarme frente a la casa y frente a la portería (una especie de pudor extraño), pero ya iba pensando en entrar a Centro Chía, cuyo parqueadero gigante es gratuito y no tiene controles de ningún tipo. Y eso hice: llegué al centro comercial, parqueé delante de Los Tres Elefantes y me puse a recorrer los contenidos de la carpeta. Nada de lo que encontré me sorprendió: de alguna manera, antes de abrir la carpeta sabía ya lo que encontraría, como se saben ciertas cosas desde el fondo de la cabeza, incluso antes de que se produzca eso que llamamos intuición o presentimiento.

El documento más viejo era una página del anuario del colegio. Allí estábamos los dos, Ernesto y yo, con el uniforme del equipo de fútbol, levantando la copa de un torneo bogotano. Luego venía una revista *Cromos* de abril de 1997, ya abierta en la página que daba, en cinco líneas brevísimas, la noticia de la publicación de mi primera novela. Y de repente me encontré echando hacia atrás el asiento del copiloto para tener más espacio y organizando todos los documentos en el interior del carro, utilizando cada superficie disponible —sobre el tablero de instrumentos, sobre la tapa de la guantera abierta, sobre el asiento trasero, sobre el posabrazos— para disponer allí la cronología de mi vida desde la muerte de Ernesto Wolf. Allí estaban las noticias de mis libros, cada reseña o entrevista que hubiera aparecido en la prensa colombiana. Algunos documentos no eran originales, sino fotocopias amarillentas, como si Antonio se hubiera enterado de la noticia por boca ajena y se hubiera visto obligado a fotocopiar la revista en una hemeroteca. Otros estaban subrayados, no con lápiz, sino con bolígrafos baratos, y en esos pasajes yo aparecía haciendo declaraciones grandilocuentes o simplemente tontas, o descubriendo lugares comunes, o respondiendo con vacuidad a las vacuidades de los periodistas. En las notas relativas a mi novela sobre los alemanes en Colombia, los pasajes subrayados eran más; y en cada comentario sobre el exilio, sobre la vida en otra parte, sobre la dificultad de adaptación, sobre la memoria y el pasado y la manera en que heredamos los errores de nuestros ancestros, las líneas de Antonio parecían llenas de un orgullo que me incomodó, que me hizo sentir sucio, como si no me correspondiera.

Nunca llegué a saber quién era la mujer que me entregó la carpeta. En ese momento se me ocurrieron, por supuesto, varias opciones, y durante el trayecto de regreso a Bogotá estuve jugando con ideas, imaginando la vida desconocida de Antonio Wolf mientras manejaba distraídamente por la autopista. Aquella mensajera sería entonces una mujer del pueblo, quizás una campesina; Wolf la habría contratado como servicio y luego, poco a poco, se habría dado cuenta de que no tenía a nadie más en el mundo. La mujer también estaría sola y quizás tendría una hija, una hija joven a la que Wolf habría recibido en su casa. Imaginé el cambio de relación entre dos personas solitarias y confundidas, imaginé escenas de sexo culpable que habrían causado escándalo entre los familiares y los amigos, imaginé a Wolf decidiendo que esa mujer se quedaría a vivir en la casa después de su muerte. Pero sobre todo lo imaginé coleccionando con dedicación la vida de alguien más, sintiendo que reemplazaba con la fuerza de los documentos ajenos el vacío que la ausencia de su hijo provocaba en su vida. Lo imaginé hablándole a la mujer de ese muchacho que escribía libros y que vivía en otra parte. Lo imaginé, por las noches, soñando que ese muchacho era su hijo, que su hijo estaba vivo en otra parte y que se había dedicado a escribir libros. Lo imaginé fantaseando con la posibilidad de mentir, de decirle a la mujer que ese muchacho era en realidad su hijo, y lo imaginé sintiendo, durante los breves momentos de la mentira, la ilusión de la felicidad.

Las ranas

Después de los discursos oficiales —el embajador, un ministro, varios generales—, después de que un coro de niñas coreanas de bonete rojo cantara el himno nacional, los veteranos y sus familias se habían ido moviendo hacia los toldos verdes donde se servía el vino espumante. Ahora los corrillos se habían armado según las inercias inescrutables de las conmemoraciones, y Salazar se encontró rodeado de tres parejas que ya debían de haber perdido la cuenta de los tragos, pues los veteranos habían pasado de hacer brindis solemnes por los héroes del Batallón Colombia a revivir sus memorias de la guerra entre carcajadas que hacían temblar las copas en las manos. El cielo se había nublado, pero a nadie parecía preocupar que se desgajara de repente un aguacero.

Y ahí estaba Salazar, como tantos otros años en tantos otros encuentros de veteranos. Ahí estaba, sí, haciendo parte del grupo, de pie entre dos mujeres de trajes de sastre que ni siquiera lo miraban. Veía a los hombres darse palmadas en la espalda y hablar de Pork Chop Hill y de Monte Calvo y contarse anécdotas graciosas sobre una época de sus vidas —unas semanas, unos meses— que presumiblemente no había tenido ninguna gracia. Las mujeres hablaban entre ellas y sus palabras le pasaban a Salazar por delante de la cara, olorosas a pintalabios. Del otro lado del círculo, el hombre más alto, al que los demás llamaban Trujillo, estaba contando cómo había tomado la decisión de irse a Corea: un lugar del que nunca había oído hablar, cuya ubicación no hubiera logrado identificar en un mapa ni aunque la vida le fuera en ello, pero al cual se había marchado, igual que otros cuatro mil colombianos, para colaborar en el gran esfuerzo internacional por contener la amenaza roja.

«Todos queríamos ser héroes», dijo Trujillo, y los demás asintieron. «El cura de la Escuela nos repetía siempre lo mismo: da igual dónde esté Corea. Para matar comunistas, cualquier lugar es bueno.» En el grupo estalló una risotada, y entonces Trujillo miró a Salazar. «¿Y usted? ¿Se regaló o lo reclutaron?»

«Se regaló», dijo otra voz antes de que Salazar pudiera contestar. «Éste era el que más ganas tenía. Y eso que tuvo que ponerse años para que lo dejaran ir.»

A Salazar lo maravilló una vez más lo que el paso de los años podía hacer en la cara de un hombre. El que acababa de hablar era el teniente Gutiérrez, que había compartido con él los cinco meses de entrenamientos previos a la partida.

Cinco meses de dormir en catres duros y de hacer el rancho en carpas para que la tropa se acostumbrara a lo que sería la vida de campaña, cinco meses vividos en anticipación de lo que no se conoce, cinco meses en los cuales la única información que recibían sobre Corea era la que aparecía en los periódicos, porque sus superiores sabían tan poco como ellos. Cinco meses fuera de la vida, esa vida en Bogotá donde la gente iba a ver a Marlene Dietrich en *Desesperación* mientras ellos, los futuros soldados del Batallón Colombia, saltaban muros blancos y se arrastraban por un campo embarrado, siempre sosteniendo un fusil con las dos manos; cinco meses de practicar tiro en el polígono de la Escuela de Caballería, de romper los cristales de la cafetería con la onda sonora de los disparos y de comer en platos compartidos con los oficiales, porque no había suficientes para todos. Su compañero de plato más de una vez, el único oficial con el cual llegó a tener algún tipo de intimidad, era el teniente Gutiérrez, un hijo predilecto de familia de militares cuya cara, que ya entonces era dura, se había convertido durante estos cincuenta años en un paisaje erosionado: la cabeza calva y manchada, las venas azules de las sienes tristes, las arrugas hondas como zarpazos.

«Ah, ¿ustedes estaban juntos?», preguntó la esposa de Trujillo. Era mucho más joven que los demás: ¿el segundo, el tercer matrimonio?

«Hace medio siglo», dijo Salazar. «Pero no se puede decir que juntos: yo a las órdenes de mi teniente, eso sí.»

«Estábamos en la Escuela, después ya no nos volvimos a ver», dijo el teniente Gutiérrez. «Pero a mí no se me olvida Salazar. Era el que me acompañaba a buscar evadidos.»

«¿Evadidos?», preguntó la esposa de Trujillo.

«En las mañanas no se pasaba revista de los que estaban, sino de los que se habían ido durante la noche», dijo el teniente Gutiérrez. «¿Se acuerda, Salazar?»

«Me acuerdo», dijo Salazar. Y era verdad: se acordaba, se acordaba perfectamente. El teniente se asomaba al galpón en un momento cualquiera y no tenía que decir ni una palabra para que Salazar se diera cuenta: se iban de cacería. Buscaban a los evadidos en las cantinas, los sacaban arrastrados y medio desnudos de los puteaderos, los regresaban a la Escuela para que pasaran el guayabo con aguapanela, todo con la conciencia de que esa noche se repetiría la misma rutina. Uno de esos días, el mayor Henríquez —¿se acordaría el teniente del mayor Henríquez?— se había jugado la suerte haciéndolos formar y pidiendo a todos los que no quisieran ir a Corea que dieran un paso adelante: una tercera parte de la compañía lo dio, y el retumbo de las botas en el pavimento tuvo el lugar de un mal presagio. «Se cagan del susto, claro, y no es para menos», le dijo el teniente a Salazar. «Van a la guerra. Hasta ahora se dan cuenta.»

«Pero no vamos a pelear», dijo Salazar. «Vamos como fuerzas de ocupación.»

«¿Sí, eso es lo que le han dicho?», dijo el teniente.

«Eso es lo que dice mi mayor», dijo Salazar.

«Ah, bueno», sonrió el teniente. «Si eso les dice mi mayor, seguro que es la pura verdad.»

Sí, también yo me di cuenta en ese momento, pensaba ahora Salazar. Frente a la Pagoda pasaban ráfagas de viento que agitaban las banderas y se llevaban las boinas rojas de las pequeñas coristas, y las coristas las perseguían con aspavientos y aullidos de gato y risas de pómulos redondos. La Pagoda era el monumento que el gobierno coreano había regalado a Colombia. No siempre estuvo aquí: durante años había adornado una glorieta de tráfico denso, para desconcierto de los transeúntes que ignoraban o habían olvidado lo que el monumento representaba; Salazar pasaba por allí todas las semanas, a veces en compañía de su esposa, a veces con sus hijos, y nunca dejó de incomodarlo el peso de las preguntas que no había contestado, las historias que no había querido contar. Su esposa había muerto a finales del año anterior (un cáncer, una muerte en diez meses que fueron como diez años) sin llegar nunca a saber de la guerra de Corea más de lo que la versión oficial, que a grandes rasgos coincidía con la de Salazar, les había contado a los colombianos. Cuando le preguntaba algo a Salazar, él contestaba con evasivas. «No me acuerdo», decía. «Eso fue hace tanto tiempo». Y ella entendía, por supuesto, y sus hijos entendían también: cuando alguien ha estado en la guerra, cuando alguien ha estado de verdad en la guerra y visto las cosas que en ella se ven, es normal que no quiera recordarlas en voz alta: bastante tiene con sus recuerdos privados. En esas ocasiones de diálogos truncados, su esposa les hablaba a sus hijos con una admiración y un respeto que no aparecían fácilmente en otros momentos de la vida.

«Esos pobres muchachitos», estaba diciendo Trujillo. «Nunca deberían haberlos admitido en la guerra.»

«¿Por qué no?», preguntó su esposa.

«Ni a los reservistas», cortó Gutiérrez. «Qué desastre eran los reservistas, no sabían nada. Había que verles la cara en la entrega de armas. ¿Ustedes estuvieron en la entrega de armas?»

Ah, la entrega de armas. Sí, también eso lo recordaba Salazar: una ceremonia para la cual el Batallón Colombia tuvo que trasladarse en pleno —casi dos horas de tren en vagones incómodos— al Puente de Boyacá. Allí, en los alrededores del río Teatinos crecido por las lluvias de la temporada, a tiro de piedra del lugar donde Bolívar había ganado la batalla definitiva contra los españoles, justo delante de una estatua de bronce cuya trompeta servía de apoyo y descanso a las palomas, monseñor Carmona bendijo a las tropas y sobre todo bendijo sus fusiles de 75 milímetros sin retroceso (al fusil de un vecino le cayó una gota de agua bendita, y Salazar pensó que otra vez iba a llover). «Vais a tierra extraña», dijo monseñor Carmona, «para defender la democracia ungida con la muerte de Cristo. Vais para defender a nuestras familias, amenazadas por el monstruo del totalitarismo. Nuestra avanzada sois vosotros, vuestros pechos son la muralla donde se estrellarán los enemigos de Colombia y de los ideales que ella defiende». Después, cuando caminaban todos hacia los buses, Salazar escuchó a un oficial decirle a otro:

«Pues yo no sé si hacía falta.»

«¿Qué cosa?»

«Irse al otro lado del mundo para defender a nuestras familias. Aquí ya nos estamos matando entre nosotros.»

«Eso es distinto.»

«Pues que alguien me explique por qué», dijo el primero. «Yo lo que veo es muy sencillo: nos están mandando a que nos maten lejos para que no sean tantos los que haya que matar aquí.»

Ya estaba oscuro cuando volvieron a Bogotá, a pesar de que apenas eran las cinco de la tarde. El trayecto fue largo; en el tren, en la oscuridad del tren que por momentos era perfecta, no se oía una palabra. Cada vez que pasaban un lugar iluminado, una estación o una carretera de pueblo, el resplandor dibujaba las caras de piedra de los soldados, las traía al mundo durante un instante fugaz, y era como si la luz amarilla creara los ceños tensos y las bocas fruncidas y luego los devolviera a la oscuridad. Salazar descubría entonces, con fascinación, las varias expresiones que provoca el miedo, o más bien las artes que se da el miedo para aparecer en una cierta manera de tocarse el cuello, o de inclinar la cabeza para mirar el respaldo vacío de una silla. Y pensaba en lo que habían dicho los oficiales: aquí, a dos pueblos del puente de Boyacá, la policía del régimen cortaba las gargantas de los enemigos y los ejércitos de la violencia privada violaban a las mujeres, y ellos mientras tanto aprendían que Chôsen significa Tierra de la mañana tranquila y que la razón de todo ese lío monumental era lo ocurrido en un lugar que no existía: el paralelo 38. Una línea negra sobre un mapa de colores.

«Yo estuve en la entrega de armas», dijo Salazar.

«Ah, pues no nos vimos ahí, ¿verdad? Yo no me acuerdo de usted. Me acuerdo de usted en la entrega de la bandera, eso sí. Usted estaba ahí, en la plaza de Bolívar. ¿No es cierto, Salazar?»

«Entrega de armas, luego entrega de bandera», dijo una mujer que nunca había hablado. «Qué manera de entregar cosas, con razón en este país no queda nada.»

«Sí, ahí estuve», dijo Salazar.

«Ahí estuvo todo el mundo», dijo Trujillo. «Estuvo hasta mi mamá.»

Todos rieron.

«Estuvo la mía también», dijo Gutiérrez. «Y mi esposa. Que todavía no era mi esposa, sino mi novia. Pero ahí estaba, por la moral de la tropa.»

Sólo entonces se percató Salazar de que la mujer que tenía a su lado izquierdo era la esposa de Gutiérrez.

«Por la moral del soldado», dijo ella. «A mí la tropa me importaba un comino.»

Esta vez hubo cierto histrionismo en la risa del corrillo, dientes que se dejan ver y manos que se juntan, y Salazar pensó que había algo especial en esta mujer, algo que provocaba sutiles pleitesías. Por encontrarse a su lado, no la había mirado con detenimiento; ahora, al fijarse en el pelo tan rubio que más parecían canas bien llevadas, en la piel elegante de los pómulos y en la línea de la espalda, Salazar tuvo el impulso irresistible de presentarse, aunque llevaran tanto tiempo el uno al lado del otro. La mujer respondió con una mano firme, y un tintineo de pulseras acompañó su nombre:

«Mercedes de Gutiérrez», dijo con una de esas voces que uno cree haber oído antes. «Mucho gusto.»

«Bueno, hay que decir la verdad», dijo entonces Trujillo. «Doña Mercedes no estaba sólo por acompañar a su novio. También porque el apellido exige.»

«¿Por qué exige?», le preguntó su mujer. «¿Qué apellido?»

Trujillo hizo una mueca de exasperación. «Ahí donde la ves», le contestó como se le habla a una niña, «doña Mercedes es la hija de mi general De León, que en paz descanse: héroe de la patria y consejero de todos los presidentes desde que el mundo es mundo».

«Incluido el de entonces», dijo Gutiérrez.

«Claro», dijo Trujillo. «Incluido el de entonces.» Luego se dirigió a la esposa de Gutiérrez. «Para mí fue un honor conocer a su papá, doña Mercedes. Él era todo lo que yo quería ser en el ejército. Tuvo que ser un privilegio crecer con un hombre así.»

«Bueno, no era tan fácil», dijo ella. «Imagínense: hija única, y además mujer. Crecí más vigilada que un espía ruso. A veces creo que me casé para irme de la casa.»

Nadie miró a Gutiérrez. Trujillo dijo:

«Se casaron después de la guerra, ¿no?»

«Yo tenía dieciocho años cuando ustedes se fueron a Corea», dijo Mercedes. «Nos comprometimos el día antes de la entrega de la bandera. Nos casamos apenas volvieron.»

Tal vez por eso le parecía conocida esta mujer, pensó Salazar: seguramente la había visto allí, en la ceremonia solemne de entrega de la bandera de guerra, ocupando algún lugar prominente y a la vista de todos los soldados: ella junto a su padre y su padre junto al presidente. La plaza de Bolívar estaba abarrotada con las tropas de la guarnición, rodeada de agentes de la policía del gobierno, y en las avenidas que la enmarcaban los familiares de los soldados, vestidos con ropas de domingo, aguantaban como podían la llovizna pertinaz que hacía doler la cara y aguantaban el frío, el frío que se cebaba con las manos y los pies mojados, el frío que cortaba la nuca cuando soplaba el viento en aquellos espacios abiertos. Desde la distancia, desde su puesto perdido en medio del bosque verde de la tropa, Salazar había visto al teniente Gutiérrez acercarse a las escalinatas del capitolio para recibir la bandera de manos del presidente Laureano Gómez, y ahora entendía que tal vez ahí, en las escalinatas, había estado la joven con la que se iba a casar el teniente Gutiérrez. A la vista de todos, el presidente Gómez le estrechó la mano al teniente, sin sonreír y sin mirarlo, y a Salazar le pareció inverosímil que este hombre de pocas carnes y expresión resentida tuviera la autoridad suficiente para mandar a todo el país a una guerra mundial. El presidente le entregó el asta al teniente Gutiérrez; él se aferró a la madera con las dos manos, y en ese momento salió desde atrás de la catedral un ramalazo de viento que estuvo a punto de arrebatársela. El presidente dijo algo que Salazar no alcanzó a entender y el mundo entero comenzó a aplaudir. Los suboficiales que acompañaban al teniente se pusieron firmes, y los tres comenzaron a marchar, a la cabeza de la comitiva, hacia la plaza de San Diego.

«Por eso me parecía usted conocida», le dijo Salazar a Mercedes de Gutiérrez.

«¿Por qué?»

«Bueno, una ceremonia de una hora... Nosotros formados de frente al capitolio, y usted ahí. Porque me imagino que usted estaba ahí.»

«Ahí estuve un rato.»

«Nosotros estuvimos una hora frente a ustedes, más de una hora. Yo me acuerdo del presidente, creo que me acuerdo del general De León. Y a usted me parecía haberla visto, doña Mercedes. Tiene que ser por eso.»

«Pues sí», dijo Mercedes. «No se me ocurre otra razón.» Hizo una pausa y añadió: «Porque usted después se fue a Corea».

«Exacto.»

«Como todo el mundo», dijo Mercedes.

«Sí», dijo Salazar. «Como todo el mundo.»

Uno de los soldados que desfiló ese día junto a él era un joven delgado, de aspecto quebradizo, cuyo casco parecía demasiado grande para su cabeza y cuya corbata no estaba bien anudada, de manera que el nudo se había ido resbalando y acabó por dejar al aire el botón de la camisa. Salazar había sostenido una breve conversación con él unos días atrás, en medio de un descanso de las maniobras, y se había enterado de que su familia era también de Boyacá, de que era huérfano desde los diez años, de que pensaba pagarse la universidad con lo que ganara en Corea. «Tal vez pueda ir a estudiar a Estados Unidos», le había dicho el muchacho. «Si uno se distingue en combate los gringos le pagan la carrera, eso dicen los compañeros.» A Salazar le resultó simpático el muchacho (lo veía como un muchacho, a pesar de que la diferencia entre ellos debía de ser mínima). Pero no se fijó más en él, y sólo volvió a verlo diez días después, cuando la tropa salió de Bogotá en varios buses y bajó por la cordillera en dirección a Buenaventura. Allí, en el puerto sobre el Pacífico, los esperaba el Aiken Victory, el barco norteamericano que los llevaría a Corea. Salazar compartió silla con el soldado, y durante el trayecto lo vio llorar sin ruido ni sollozos, sólo con el llanto del miedo. El soldado se había dormido por fin cuando bajaron al río Cauca, y dormido estaba en el momento del accidente: las lluvias de aquella semana habían aflojado la tierra de las laderas, y en una curva el chofer perdió el control, y el bus derrapó sobre la tierra húmeda que cubría el pavimento, se salió de la carretera y fue a estrellarse, diez metros más abajo, contra un muro de adobe. No hubo víctimas, pero sí varios heridos graves, y dos de los pasajeros aprovecharon la confusión del accidente para desertar. Uno de ellos era el soldado que quería ir a Estados Unidos. El otro, cuya decisión instintiva en el momento del accidente lo sorprendió a él más que a nadie, era Salazar.

Y ahora Mercedes, la esposa del teniente Gutiérrez, le había dicho: *Como todo el mundo.* Después se ofreció a traerles a los otros una copa de vino más. «Necesito un trago», dijo. «No se puede recordar tanto a palo seco.»

«Voy contigo», dijo la esposa de Trujillo.

«¿No habrá un aguardientico?», dijo Trujillo.

«Yo pregunto», dijo su esposa.

Y ahí estaba ahora ese recuerdo que tantas veces había visitado Salazar: se vio corriendo entre la espesura de la montaña una noche de lluvia intensa, las manos al frente para que las ramas invisibles no salieran de la oscuridad a rasgarle la cara, y mientras corría se quedaban atrás las luces que iluminaban los árboles mojados y hacían nacer las chispas de agua en el aire, y atrás quedaban también los llamados de auxilio y los gritos de dolor. En los días que siguieron, que pasó escondido en el monte como un guerrillero mientras tomaba decisiones con la cabeza confundida, Salazar pensó que se había equivocado, luego que había tenido toda la razón, y finalmente que alguno de sus compañeros volvería muerto de Corea, y él podría decir frente a ese nombre publicado en la página de un periódico: *Hubiera podido ser yo.*

Y ahora Mercedes había vuelto con dos copas en cada mano, acomodadas entre los anillos de sus largos dedos, y a Salazar le gustó esa licencia que se quitaba de encima las solemnidades del momento. La esposa de Trujillo le dijo a su marido que no habían encontrado aguardiente, pero que aquí le traía otro vinito, y él lo recibió sin mirarla mientras recordaba la escala del Aiken Victory en Honolulu, donde las calderas del barco habían sufrido una avería que obligó a la tripulación a quedarse dos días más de lo previsto. Cuatro de los soldados, después de irse de putas, se perdieron en la noche hawaiana, luego aparecieron borrachos junto a la iglesia de Kawaiaha'o, tuvieron que llegar a Corea en avión militar y más tarde fueron juzgados en consejo de guerra. «Yo conocía a uno», dijo Trujillo. «Fue de los que se incorporaron en Buenaventura. Lo mataron en Monte Calvo, pero lo triste no fue eso, sino que todos sabíamos desde Colombia que lo iban a matar. El tipo no estaba hecho para esa vaina.»

«Ninguno de ustedes estaba hecho para esa vaina», dijo Mercedes. «O a ver quién sabía combatir en la nieve.»

«Más de uno se dejó un dedo», dijo Gutiérrez, «por no hacer caso a los gringos. Es que la nieve es otra cosa. ¿A usted le tocó pelear en la nieve, Salazar?».

«Sí», dijo Salazar. «Pero con los papasanes.»

La carcajada de los veteranos llamó la atención de los otros corrillos. Los papasanes eran los hombres gruesos que regentaban los burdeles, cerca del frente, donde coreanas flacas usaban viejas cajas de explosivos C-7 para montar sus casetas improvisadas y venderse por cincuenta centavos de dólar. Salazar había aprendido con el tiempo y las ocasiones que una referencia a esos lugares era una manera de cambiar la conversación, de esconderse a plena vista detrás de las complicidades masculinas. «Los que más hablan son los que menos hicieron», le dijo un veterano en alguna de las conmemoraciones de estos años, y él había andado por la vida así, a punta de frases breves y enigmáticas, dejando caer boronas de información donde los demás pudieran ver una sugerencia y llenar el resto del cuadro con su propia imaginación, con sus propias memorias. A Salazar le ocurría a veces soltar esos comentarios y creer, durante un segundo, que había estado de verdad allí, tomando cerveza y poniendo a Frank Sinatra en las radiolas de los gringos, en lugar de buscarse la vida con trabajos de mierda mientras le hacía el quite a la guerra de aquí.

«Ah, de manera que usted era de ésos», dijo Mercedes, que no sólo había entendido la alusión, sino que la había apreciado con una sonrisa ladeada.

«Pero sólo en mi tiempo libre», dijo Salazar.

Y entonces ocurrió algo. En la cara de Mercedes, sobre la sonrisa irónica y delicada, pasó de repente una sombra. No fue nada, fue como un juego de las luces de la piel, fue como un color de la mirada: tal vez Salazar lo había imaginado. «Ahora sí parece que va a llover», dijo alguien. Trujillo estaba hablando con Gutiérrez de los veteranos que habían muerto recientemente; Mercedes, de cuya cara se había ido la sonrisa, miraba al suelo como si algo se le hubiera perdido entre el pasto, y en su boca endurecida habían aparecido las líneas verticales de la edad. Los otros se habían puesto a recordar las clases de evasión, en las que oficiales más entrenados les enseñaban qué hacer en caso de ser capturados por los chinos; Mercedes buscaba en el pasto lo que se le había perdido, una moneda, un arete, una memoria incómoda; su marido hablaba de la misión más peligrosa que tuvo, una maniobra de patrullaje nocturno en la cual veinticinco soldados tuvieron que atravesar un campo nevado hasta llegar a tierra de nadie. Y fue en ese momento, mientras Gutiérrez hablaba de los pasos que no se oyen en la nieve y del miedo de encontrarse a un chino del otro lado de la colina, fue en ese momento en que la atención del grupo estaba concentrada en el relato del patrullero nocturno, cuando Mercedes levantó de nuevo la mirada y Salazar supo que había encontrado lo que estaba buscando, y fue como si colapsaran los últimos cincuenta años y estuviera de nuevo frente a él, frente a Salazar, sin saber que se llamaba Salazar y él sin saber que ella se llamaba Mercedes, los dos tomándose un café con leche una tarde cualquiera de mediados de siglo y dejando que pasaran las horas allí, en una tienda de borrachos del centro bogotano: un lugar de mala muerte donde Mercedes, a pesar de haberse cubierto la cabeza con un chal negro, brillaba como una joya.

«Lo que nos encontramos fue dos chinos muertos», dijo Gutiérrez. «Muertos y congelados».

«¿Y se veían?», preguntó Trujillo.

«El reflector estaba encendido», dijo Gutiérrez, «y había nubes. Era como si estuviera amaneciendo».

Era extraño el trabajo que había conseguido, pero en esa época no hubiera podido rechazarlo: Salazar era un joven sin estudios ni experiencia, y además un desertor. De manera que se encontró, de un día para el otro, bajando hacia los Llanos Orientales en un Willys Overland y recorriendo las orillas del río Guatiquía con un costal de yute cuyas hebras sueltas le arañaban la piel de los brazos. La rutina era siempre la misma y ocurría una vez por semana: Salazar, con la ayuda de dos niños lugareños a los que pagaba con gaseosa, llenaba el costal de ranas vivas y volvía a Bogotá para venderlas a tres pesos en los laboratorios del centro. Después de su segundo viaje, cuando se atrevió a preguntar para qué servían las ranas, le hablaron de mujeres que esperaban veinticuatro horas para saber si están embarazadas, y Salazar, que hubiera podido sorprenderse de que una rana desovara cuando se le inyecta orina humana, se preguntó en cambio cómo hacían tantas clientas para acercarse cada semana con la misma incertidumbre. Dejaba las ranas en los laboratorios y recogía otras, las que por razones incomprensibles no habían servido, y cruzaba la ciudad para deshacerse de ellas en los humedales del norte, casi llegando al puente del Común, donde era fácil dejar el Willys sin llamar la atención de nadie. Así se ganó la vida cuatro meses, tal vez cinco. Se acordaba de esperar su paga en las recepciones de los laboratorios, y de enterarse por las revistas de las últimas muertes colombianas y de pensar *Hubiera podido ser yo;* se acordaba de haber estado en Villavicencio cuando empezaron a llegar las noticias de Monte Calvo; se acordaba de que después, cuando regresó el último barco de Corea, ya no estaba haciendo ese trabajo, sino que había pasado al siguiente, que tal vez había sido limpiando la plaza de toros. Pero no se había acordado en muchos años —décadas, tal vez— de la muchacha de ojos grises y pelo de luz clara que se le acercó uno de esos días y le preguntó, con tres billetes muy grandes en la mano, si podía confiar en él.

«¿En tierra de nadie?», dijo Trujillo. «¿Y usted iba al mando?»

«Yo tenía el mapa, por lo menos», dijo Gutiérrez. «La idea era llegar hasta posiciones controladas por chinos. Veinticinco soldados colombianos hundidos en la nieve, cada uno con chaqueta y pantalón blancos encima del uniforme. Cada uno con una linterna en la mano, que no era necesario prender.»

«Porque estaba encendido el reflector», dijo Trujillo.

«Exacto», dijo Gutiérrez.

Salazar echó una mirada rápida alrededor, pero no encontró a nadie; y esto era extraño, porque la mujer de los ojos grises era el tipo de persona que no suele andar sola por el centro de Bogotá, sin una amiga, sin un empleado, sin un chaperón. No necesitó más explicaciones para entender, ni preguntó qué había en el frasquito cuando lo vio aparecer en la mano de la joven como una carta en una actuación de magia. Algo le habían dicho ya en el laboratorio de estas mujercitas descocadas que acaban metiéndose en líos antes de tiempo, y que en otras épocas hubieran tenido que esperar semanas enteras para que su propia sangre, o más bien la ausencia de ella, viniera a confirmar lo más temido. Ahora podían saberlo en horas. Salazar no recibió el frasco; el líquido ambarino quedó allí, entre los dos, a la vista de todos en pleno mediodía y en plena calle Octava, y la mujer tuvo que volverlo a guardar en el bolsillo amplio de su abrigo. «¿Por qué no lo lleva al laboratorio?»

«Para eso le estoy pagando», dijo la mujer. «Para que lo lleve usted.»

«Pero yo no trabajo ahí», dijo Salazar. «Yo sólo les llevo las ranas.»

Torpemente, la mujer buscó en su bolso negro y encontró un billete más. En sus ojos hubo algo suplicante, algo infantil.

«Por favor», dijo.

Gutiérrez estaba hablando de lo que hacían para que sus pasos —los pasos de veinticinco soldados en la noche callada— no los delataran. «Tanta gente hace ruido en la nieve», dijo. Hizo una pausa teatral en el relato y Trujillo reconoció la consigna. A coro, con voz cómplice, gritaron: «¡Mándeme a Maruja!» Era la señal: el observador de artillería lanzaba una balacera para cubrir los pasos. Después de eso, ya el enemigo quedaba alertado.

«¿Y no estaban muertos de miedo?», preguntó la esposa de Trujillo.

«No sé los demás, pero yo sí», dijo Gutiérrez.

«Mi marido nunca me ha contado nada parecido», dijo la esposa de Trujillo.

«Claro que sí», dijo Trujillo. «Mil veces.» Y entonces se dirigió a los otros. «Pero yo le hablo de maniobras y se me duerme a la mitad.»

«¿Y les dispararon?», preguntó ella.

«Ésa era la idea», dijo Gutiérrez. «Toda la maniobra era para detectar posiciones enemigas y ver qué armamento tenían. Queríamos que nos dispararan. Necesitábamos que nos dispararan.»

«Qué miedo», dijo la mujer de Trujillo.

Salazar volvió al laboratorio, pero se encontró con que habían cerrado para irse a almorzar. Y se vio entonces en esta situación impensada: comiéndose algo en una tienda de obreros frente a una taza de agua de panela y con un frasco de orina de niña rica. Pagó con uno de sus billetes nuevos y esperó un buen cuarto de hora así, mirando a la gente, hasta que alguien abandonó una *Cromos* y Salazar pudo entretener la mirada con las fotos. Se hablaba mucho de Corea, pero Salazar no leyó ninguna de las noticias: se fijó en las imágenes, memorizó impresiones, estudió los pies de página: se esforzó por imaginarse ahí. Cuando llegó al laboratorio, apenas estaban abriendo. Una mujer de bata blanca le recibió el frasco y anotó su nombre, y Salazar lo dio pensando que valía más de lo que había valido nunca: Salazar lo había alquilado para que otra persona no tuviera que dar el suyo. «Usted es el que nos trae las ranas», dijo la mujer de la bata.

«Sí, doña», dijo Salazar.

«Ya veo», dijo la mujer con una sonrisita que fue como un juicio y una burla. A Salazar no le importó; pensó que le habría importado si la orina fuera de su novia. Entonces se oyó preguntar:

«¿Puedo ver?»

«¿Ver qué?»

«Cómo lo hacen. Yo siempre he traído las ranas, pero nunca he visto lo que pasa después.»

«Nunca supimos lo que pasó después», dijo Gutiérrez. «Estas cosas comienzan sin aviso.»

El fuego vino del fondo de la noche, y siguió viniendo durante segundos eternos de lugares invisibles, y los soldados, en medio de los relámpagos y el ruido atronador, tenían que fijarse dónde caían los proyectiles y al mismo tiempo dominar el terror que les hundía la cabeza entre los hombros. Los de inteligencia medirían, observarían y sacarían conclusiones, y para eso estaba arriesgando la vida Gutiérrez; pero allí, en la oscuridad rotunda, con las piernas hundidas hasta las rodillas en la nieve blanca, no pensaba en conclusiones ni en mediciones, sino en salvar la vida.

«Y también en la novia que había dejado en Bogotá», dijo entonces. «Pensaba que tenía que volver para casarme, para que no se quedara ella con el vestido hecho.»

Fue en ese momento cuando un estallido demasiado próximo lo dejó sordo y el aire se sacudió y apareció un silbido en sus oídos, y antes de que pudiera preguntarse si lo habían herido, le llegaron los gritos desgarrados de un compañero. No lo reconoció de inmediato, porque el dolor extremo desfigura las voces de los hombres, pero el impacto había ocurrido a su derecha; Gutiérrez lo siguió a ciegas, pues de repente la noche no era tan clara o el reflector del campamento había dejado de funcionar, o al menos eso le parecía en medio de aquel mundo desordenado por el miedo. «Lo encontré a diez metros, pero esos diez metros me parecieron eternos», dijo Gutiérrez. «Fueron como cruzar el campo entero.»

«¿Quién era?», preguntó Trujillo.

«Era Yepes», dijo Gutiérrez. «Uno de los que se habían regalado al final, en Buenaventura.» Hizo una pausa y dijo: «El proyectil le había quitado un pie».

«Qué horror», dijo la esposa de Trujillo.

«No hacían más que dar problemas», dijo Trujillo. «Los que se unieron al final, digo. No eran soldados profesionales.»

«¿Y usted qué hizo?», dijo la esposa de Trujillo.

«Me lo eché al hombro, qué iba a hacer», dijo Gutiérrez. «Menos mal era un muchachito pequeño, y además flaco, puro músculo. Sesenta kilos, no pesaba más que eso. Aunque la nieve lo vuelve todo más pesado.»

«Tu marido es un héroe», le dijo a Mercedes la esposa de Trujillo. Tenía los ojos abiertos y sonreía con admiración. «¿Y tú cómo te enteraste?»

«Por la prensa», dijo Mercedes.

«¿Por la *prensa*?», dijo la esposa de Trujillo.

«Le dieron una estrella de plata y salió en los periódicos», dijo Mercedes. Pero el tono de su voz había cambiado.

«¿Te sientes bien?», le dijo Gutiérrez.

«¿Qué hora es?», dijo ella. «Tengo que volver a la casa.»

«Las tres en punto», dijo Salazar. «Los resultados están en una hora.»

«Una hora», repitió ella.

«Vuelva más tarde, si quiere», dijo Salazar. «Yo la espero aquí.»

Estaban en la misma tienda en que Salazar había comido el día anterior, y él se daba cuenta de que las cosas no habían salido como las había planeado la joven. Ella pensó sin duda que se volverían a encontrar en medio de la calle, dos seres anónimos, y que Salazar le entregaría los resultados y cada uno seguiría su camino. Más que incómoda, estaba irritada: también había llegado demasiado temprano, tal vez por los nervios y la impaciencia, y el resultado de los exámenes no estaba listo todavía. Sí, eso era: los nervios. La mujer (pero era apenas una muchacha) estaba pálida, o eso le parecía a Salazar, y también le parecía detectar un temblor en la mano que llevó un cigarrillo a la boca y trató de encenderlo con un briquet fino: una cajita de plata en cuyo flanco aparecían un león y una leyenda. La joven logró por fin encender el cigarrillo; aspiró con fuerza; soltó el humo con un gesto de los labios en el que se confundieron la desesperación y las buenas maneras. «Ay, dios mío», dijo, y se tomó la cabeza con las manos. De las mesas vecinas les llegaron miradas curiosas. «Cómo me metí en esto.»

«En qué», dijo Salazar.

«Yo no debería estar aquí», dijo la joven. «Aquí, en este lugar, sentada con usted.»

Salazar calculó que tendría un par de años más que ella, pero no podía estar seguro. Sintió un repentino afán protector, un interés inexplicable en el bienestar de la jovencita desorientada y sola: sola aquí, en este lugar, sentada con gente como él. *Por favor no vaya a llorar,* pensó.

«No se preocupe», le dijo. «Yo ahorita recojo la vaina en el laboratorio. Usted me espera aquí, o si quiere en otra parte. Yo se la entrego y nunca, nunca nos volvemos a ver.»

La joven sacó la cara de entre las manos y Salazar se encontró de nuevo con los ojos grises. Estaban descompuestos, tristes bajo las cejas arqueadas, pero no lloraban.

«Usted es una buena persona», dijo ella. «Gracias.»

«¿Quiere que le cuente cómo lo hacen?»

«¿Qué?»

Salazar no supo bien por qué: tal vez por llenar el silencio, porque el silencio era el enemigo de la mujer nerviosa. Pero se escuchó hablando de las ranas que había visto la tarde anterior: de sus vientres blancos, de sus ojos saltones que no cambian cuando la aguja entra en los cuerpos blandos. La mujer puso cara de asco, y del asco salió una risa de niña. «No me cuente eso, qué feo», dijo, y Salazar le siguió contando de la aguja que entra en la piel húmeda y de la etiqueta que después se le pone a la rana en la pata, o tal vez se dice el anca, para que no se vaya a confundir con otra rana: imagínese el desastre si eso llegara a pasar. Y luego, a esperar un día. Pero parece, comenzó a decir Salazar, que pronto no va a ser necesario esperar tanto, porque hay una gente haciendo unos experimentos...

«Mi marido está en Corea», lo interrumpió la mujer. «Bueno, no es mi marido, es mi novio.» Y luego: «Él allá, arriesgando la vida para salvar el mundo, y yo en éstas».

«¿Está en el frente?»

«No tengo perdón de Dios».

«¿Está en el frente?», insistió Salazar. «Los colombianos iban como fuerzas de ocupación. ¿Él está en el frente?»

«No sé dónde está», dijo la joven, «pero le acaban de dar un premio. Una estrella, creo. Salió en los periódicos».

«Yo no supe», dijo Trujillo. «Debería haber sabido, pero no supe.»

«Uno no se enteraba de todo», dijo Gutiérrez.

«Tantos años y todavía se encuentra uno con sorpresas», dijo Trujillo. «Por eso me gusta venir a las conmemoraciones.»

«¿Y cómo fue el recibimiento?», preguntó la esposa de Trujillo. «¿Cómo se recibe a un héroe?»

«Bueno», dijo Gutiérrez, «todos fuimos recibidos como héroes. ¿Sabe por qué? Porque llegamos de últimos».

«Pero en su caso había algo más», dijo ella.

«Habíamos ganado la guerra», dijo Trujillo. «Los colombianos...»

«Lo que a mí no se me olvida», lo interrumpió Gutiérrez, «es las filas de madres. De Buenaventura a Cali, todas las madres salían a ver si sus hijos habían vuelto. Y unos no habían vuelto, claro, y no iban a volver. Y a ellas nadie les había dicho.»

«Pobrecitas», dijo la mujer.

«Llegamos a Bogotá, formamos y nos fuimos a la plaza de Bolívar», dijo Trujillo. «No se me olvida la música.»

«*El puente sobre el río Kwai*, intervino Salazar. «Eso tocaba la banda para darnos la bienvenida.»

Mercedes levantó entonces la cabeza. Fue un movimiento brusco: una muñeca galvanizada. Salazar la miró a los ojos y vio en ellos, en esos ojos grises, algo que no había visto antes.

«¿Ah, sí?», le espetó ella. «¿Y usted cómo sabe?»

Se arrepintió de inmediato; apretó los labios como si temiera que se le escaparan otras imprudencias. Se le habían escapado, sin embargo, y allí estaban, a la vista de todos.

Salazar no dijo, como hubiera dicho otras veces, que lo recordaba bien: recordaba la melodía que habían silbado los soldados de tantas otras guerras, cuyo verdadero nombre era *Marcha del coronel Bogey*, pero que los veteranos de Corea se habían acostumbrado a identificar con una película que llegó a Colombia cuando la guerra ya era una memoria. No dijo nada de esto, sino que guardó silencio como quien sostiene la respiración mientras una fiera le pasa al lado. Los ojos grises lo odiaban: lo odiaban por saber lo que sabía. La mujer de los ojos grises lo odiaba por no haber estado nunca en Corea, por haberse quedado vendiendo ranas, por haber salido una tarde de un laboratorio del centro con unos resultados en la mano, por haber entrado a una tienda de mala muerte donde olía a ruana mojada y a sombreros de fieltro y donde ella esperaba con los codos en la mesa y las manos sobre los labios, y lo odiaba también por no haberse ido cuando ella abrió el sobre de los resultados y vio en el papel la palabra más bonita del mundo, la única palabra que quería ver en ese momento, la palabra que le devolvía la vida y le permitía volver a empezar o más bien seguir adelante como si no hubiera pasado nada. Lo odiaba por haberse quedado ahí en la tienda, de pie junto a la mesa de madera zafia, acompañándola y apoyándola, y lo odiaba a pesar de que ella misma le había pedido su compañía y su apoyo, porque no se creía capaz de hacer aquello sola. Y lo odiaba, pensó Salazar, por haber sido testigo del alivio de su rostro y por haber recibido su abrazo, su abrazo inapropiado, el abrazo que la joven nunca le habría dado si hubiera sabido que volvería a verlo.

«Ay, perdón», dijo entonces Mercedes. «Si usted también estuvo en la guerra, claro.»

«Sí, señora», dijo Salazar. «Ahí estuve. No llegué con estrella de plata, como su marido, pero ahí estuve.»

«No se ofenda, Salazar», intervino Gutiérrez. «Ella no quería...»

«Y al llegar marché por la calle 13, como su marido. Y silbé *El puente sobre el río Kwai*, como su marido.»

91

«Pero por qué se pone así», dijo Gutiérrez.

El cielo se había oscurecido y los toldos comenzaban a vaciarse de gente: los veteranos y sus familias se retiraban hacia el parqueadero y un silencio, el silencio de los lugares abiertos, soplaba entre ellos. Ya no había niñas coreanas frente a la Pagoda; ya no había corrillos de conversaciones vivas. *Es que son muchos años,* pensó Salazar: muchos años de fingir, de distorsionar, de recordar detalles elocuentes, detalles capaces de desactivar escepticismos aun antes de que se produjeran. Entonces sintió que un cansancio duro le caía encima, sobre los hombros, un cansancio pesado como el cuerpo que remolcamos de noche y en medio de la nieve.

«No», se oyó decir entonces.

«No ¿qué?»

«No marché por la calle 13», dijo Salazar.

«Vámonos, amor», dijo Mercedes.

«No silbé la canción junto a los otros.»

«Estoy cansada», dijo Mercedes. «¿Nos vamos, por favor?»

«No entiendo», dijo Trujillo. «¿Qué quiere decir?»

Y de repente Salazar entrevió la posibilidad de un alivio. Pero no era sólo el alivio de la verdad que iba a revelar aunque lo siguiente fuera la caída, sino algo que sólo podía ser poder: el poder de llevarse consigo a los demás, de arrastrarlos para que también se despeñaran ellos, de ver mientras caía al vacío todas esas vidas de memorias heroicas, como ese suicida de fábula que se arroja desde una azotea y mientras cae va viendo las vidas de los demás, las va viendo por las ventanas iluminadas. En la fábula, el atisbo de las vidas ajenas, con sus risas y sus consuelos y sus nimias felicidades, convencía al pobre hombre de que quitarse así la vida había sido un error, pero esa revelación llegaba cuando ya era demasiado tarde, cuando ya la muerte contra el asfalto era inevitable.

Salazar tuvo lástima de ese hombre inexistente. Y luego se oyó hablar.

Las malas noticias

Lo conocí en París, en junio de 1998, y en circunstancias que no permitían prever lo que vendría después. Se jugaba el mundial de fútbol en Francia, y la alcaldía de París había instalado una pantalla gigante en la plaza del Hôtel de Ville, un lugar tan pacífico que en él se suelen organizar firmas de libros y exposiciones de pintura. Los parlantes de concierto que flanqueaban la pantalla vomitaban ruido, pero ese ruido apenas era audible: lo ahogaban el griterío de los hinchas y el tráfico de las avenidas. Yo no iba con la intención de ver el partido —Irán y Estados Unidos: el asunto no podía interesarme demasiado—, y, de hecho, no iba con intención ninguna, o mis pasos me habían conducido a ese lugar como hubieran podido conducirme a cualquier otro. En esos días mi vida en París ya había comenzado a deteriorarse y la ciudad a convertirse en una criatura hostil; tardaría mucho tiempo, muchos años de vida en otras partes y de conversaciones con otras gentes, en entender que no era la ciudad la que se había transformado, sino yo mismo, y que París es uno de esos lugares que nos devuelve lo que le entregamos: una ciudad maravillosa y abierta y generosa para quien triunfa (en el amor, en el trabajo), pero cruel y humillante para quien fracasa. Yo estaba fracasando: ahora me parece evidente, pero entonces no me lo parecía tanto: somos pródigos en mecanismos para rechazar esta evidencia. Comencé a pasar los días en la calle y en los cafés, a dejar que el tiempo se me fuera caminando o bebiendo copitas de vino barato con el único propósito de no estar solo en mi apartamento. Me acostumbré a entablar conversaciones sobre nada con desconocidos. Descubrí un cierto talento para lograr que la gente me contara cosas; descubrí también que algo en mi persona provocaba confianza, que los otros se sentían a gusto conmigo casi tan pronto como me conocían, y que esa sensación novedosa me agradaba. Antes de que me diera cuenta estaba buscando conversaciones sólo para sentirla de nuevo, sólo para sentirme a gusto y apreciado en una ciudad que (creía yo) había empezado a odiarme.

Así ocurrió ese día, el día del partido. Me había metido entre la turba que miraba a la pantalla; pronto la turba me acabó expulsando, y decidí darme por vencido y tomarme una cerveza mientras, contra todo pronóstico, Irán le metía dos goles a Estados Unidos y ganaba un partido que era mucho más de lo que parecía. Alcancé a ver el último gol, ese inútil gol norteamericano, en el televisor del bar, un aparato pequeño improvisadamente encaramado a una repisa para que los clientes siguieran bebiendo en lugar de irse a ver el partido a la plaza. Y cuando el árbitro pitó el final en la pantalla del televisor, el cliente que estaba a mi lado en la barra, un hombre de unos cuarenta años cuyo inglés era evidentemente norteamericano y casi de seguro sureño, dijo en voz alta: «Bien merecido». (En realidad dijo: *Serves you right.* Mi traducción es aproximada.) Y yo, que siempre he sentido una especie de callada simpatía por la gente que despotrica contra su propio país, me puse de inmediato a conversar con él.

Como tanta gente que vive sola en un lugar que no es el suyo, empezamos por intercambiar inconformidades. Yo le hablé de las razones por las que había venido a París, de los dos años que llevaba viviendo en la ciudad, de las razones por las que ahora quería irme; le dije por qué no quería regresar a Colombia y por qué la libertad de escoger dónde vivir no me parecía una bendición, sino la más terrible de las condenas. Él me dijo que había venido a París como hubiera podido ir a cualquier parte. Acababa de pasar tres años en Rota, me explicó; cuando lo interrumpí para preguntarle qué era Rota, sacó de su bolsillo un bolígrafo, dio la vuelta al individual de papel y dibujó un mapa de España de una perfección insolente (en el trazo de sus costas, en los recovecos de sus fronteras, incluso en la inclinación de la figura para respetar la rosa náutica), y luego, terminado el ejercicio de cartografía, puso un dedo en un punto diminuto del sur, entre Cádiz y una cagada de mosca. Sólo entonces, cuando comprendí que estaba ante uno de esos hombres que dibujan mapas perfectos casi sin levantar del papel la punta del bolígrafo, me di cuenta del planchado impecable de su chaqueta de tela, de su afeitado de neurótico, del corte riguroso de su pelo —el ángulo recto de sus patillas como pintado por el mismo bolígrafo que había dibujado el mapa—. Era un militar. Luego John Regis me contó su vida, y al hacerlo simplemente llenó el recipiente vacío que yo me había construido sin querer. Hay personas que no ocultan nada, que llevan todo lo que son en su manera de hablar o de saludar o de encender un cigarrillo. Yo creí que John Regis era una de esas personas. No es difícil entender por qué me equivoqué tanto.

La base militar de Rota es una de las más grandes que tienen los Estados Unidos en Europa, me explicó John Regis. Me hablaba de ella con palabras tan exageradas como sus gestos: la base tenía el mejor hospital de Europa, la pista de aterrizaje más larga de Europa (necesaria para que aterrizara en ella el C-5, el avión más grande que había en Europa). A mediados de 1995, al mismo tiempo que yo terminaba mis estudios de Derecho en Bogotá, John Regis llegaba a Rota desde una base de Carolina del Sur cuyo nombre no llegué a entender. Era piloto de helicópteros, y también llevaba consigo documentación sobre este hecho, como si estuviera acostumbrado a contarlo en bares y a probar de manera fehaciente las cosas que contaba: me mostró una foto doblada en dos que alguien le había tomado en los hangares, donde aparecía él con la camisa abierta y la cara bañada por la luz del flash (el golpe de claridad recortaba todo lo que llegaba a iluminar y lo separaba de un fondo perfectamente negro), apoyado en la puerta abierta de un Sikorsky, pero no posando, sino con gesto de cansancio. Era evidente el cariño con que John Regis hablaba de su helicóptero: casi parecía que le estuviera sobando la nariz al hablar, como a un caballo viejo. En la foto aparecía el interior del Sikorsky, los radares y la silla del hombre que maneja esos radares, y el espacio amplio donde se puede meter a un herido y a veces a un muerto. John Regis lo sabía bien, desde luego, porque él mismo había puesto en ese espacio a un muerto (una sola vez) y a un herido (diecisiete veces). «A eso me he dedicado estos años», me dijo John Regis. «A salvarles la vida a los surfistas irresponsables.» Y luego puso el dedo sobre el mapa, señalando la costa de Tarifa: el lugar adonde van los surfistas irresponsables y donde acaban vencidos por la fuerza de las olas y extraviados en medio del mar, temblando de miedo y de frío y llenos de promesas de no hacer lo mismo nunca más.

Y así estuvimos un buen rato: él contando anécdotas sobre rescates y yo escuchándolo, él hablando del cable que baja del helicóptero al agua y yo viendo el cable, él explicando que el surfista nunca debe tocar el cable antes de que llegue al agua, pues corre el riesgo de electrocutarse... Y después hablamos de otras cosas, y después de otras más. Hablamos de Andrés Escobar, un futbolista asesinado, y luego de Monica Lewinsky, una becaria que no fumaba puros, y mientras lo hacíamos iban y venían los tragos. Y a una hora imprecisa, entre dos de esos tragos, John Regis mencionó, como quien no quiere la cosa, el nombre de uno de sus grandes amigos en Rota, un tal Peter Semones. Así comenzó a contarme cosas que de alguna manera venían de las que ya me había contado, que no eran gratuitas ni carecían de pertinencia, y que sin embargo me obligaron a preguntarme más de una vez por qué me las estaba contando.

Peter Semones era uno de los pilotos más talentosos que habían pasado jamás por las bases europeas. Nadie conocía un Sikorsky mejor que Peter Semones. Los helicópteros eran sus amigos, y Peter Semones los cuidaba como al caballo viejo que yo había creído ver en la foto de John Regis. Peter Semones, contaba John Regis, se encargaba personalmente de criar a los milanos y a los búhos que hacían sus nidos en las partes altas de los hangares, de cuidar los nidos y pedir a los demás que los cuidaran, para que esos búhos y esos milanos bajaran de vez en cuando a comerse los ratones de campo o los pájaros pequeños que, de otra forma, se meterían entre las turbinas, se comerían el recubrimiento de los cables, estropearían con su mierda corrosiva los materiales delicados de los motores. Regis hablaba con franca admiración de aquel hombre; me hice la idea de un rubio corpulento con pinta de marine de película, pero Regis no llevaba fotos suyas, y no lo pude confirmar. Supe en cambio que Peter Semones tenía todavía el récord de escape de la piscina, ese cajón azul lleno de agua donde se deja caer a los pilotos encerrados como si fueran Houdinis de fin de siglo; supe que era el único capaz de montarse siempre y sin dudarlo en una nave número trece, a pesar de que la experiencia, no la superstición, había demostrado que las naves número trece se caían —el verbo funcionaba así, impersonal, irresponsable— con más frecuencia que las otras naves.

Todo eso supe. Pero supe también otras cosas, y mientras las iba sabiendo me iba haciendo la misma pregunta: *¿Por qué? ¿Por qué me las cuenta?* Supe, por ejemplo, que Peter Semones estaba casado. Su esposa era una ex reina de belleza de Minneapolis. Laura, se llamaba, y tenía pecas en el pecho, me decía John Regis, y en los pocos años en la base militar de Rota se había inventado una rutina perfecta, un simulacro de vida que daba el pego a la perfección. En la base de Rota la vida es ficticia, me dijo John Regis: iglesias episcopalianas, salas de cine con películas de Hollywood que no han llegado todavía a Europa, pantallas al aire libre como si los residentes fueran parejas de los años cincuenta sentadas en convertibles y besándose, comedores donde se sirven pizzas y hamburguesas las veinticuatro horas del día, salones con tragaperras y juegos de video a un par de pasos de los comedores, campos de golf, de béisbol, de fútbol americano. Un mundo paralelo, decía John Regis: y allí vivía Laura Semones, ajena al pueblo de Rota, ajena a Andalucía y a España, ajena al hecho de no estar ya viviendo en Estados Unidos. Como si su casa se la hubiera llevado un huracán, me dijo John Regis, y la hubiera dejado caer allí, en territorio desconocido. Laura Semones como versión moderna de Dorothy, la niña de *El mago de Oz*. Dorothy, sin perrito y sin bruja y sin baldosas amarillas.

«Éramos muy amigos», me dijo John Regis. «Luego ya no tanto. Luego nos separamos un poco. Eso fue antes del accidente.»

Así me contó John Regis que Peter Semones estaba muerto. ¿Pero por qué, por qué me lo contó? Quería contármelo; era, me dije, como si se hubiera quedado después del partido para contarle a alguien de la muerte de Peter Semones, y yo hubiera sido el favorecido por esa voluntad azarosa, por esa lotería cuyo premio era el relato de la muerte de Peter Semones. Sí, me dije, eso tenía que ser. Lo que más me impresionó fue que no hubiera pasado un mes aún desde la muerte de su amigo: era un hecho fresco, todavía capaz de causar ese temblor en las manos (no, no debía de ser cosa del Four Roses que habíamos comenzado a pedir sin complejos), todavía capaz de hacer que John Regis bajara ligeramente la cabeza al contarlo (cuando hablamos de la muerte de alguien respetable, cualquier lugar se transforma en un confesionario). O quizás, muy en el fondo, lo que me impresionó fue la debilidad del temblor, la poca inclinación de la cabeza —en resumidas cuentas, el dominio que John Regis parecía tener ya sobre una muerte tan reciente—. Cuyas circunstancias, además, no estaban rodeadas del aura de paz o descanso que rodea algunas muertes, pues Peter Semones, el gran piloto, el Houdini de la piscina de pruebas, había muerto calcinado durante una operación de rutina en los veranos, cuando su helicóptero se estrelló contra una montaña incendiada.

«Nos habíamos pasado la semana hablando de estas cosas», me dijo John Regis. «Preguntándonos si alguna vez nos tocaría, qué se sentiría si nos tocara.» En épocas de calor siempre hay incendios, me explicó John Regis, y los de Protección Civil —estas dos palabras las dijo en español— siempre acaban necesitando el auxilio o el apoyo de los helicópteros de Rota y de sus pilotos yanquis. Así había sucedido esta vez: el calor se había instalado en el Mediterráneo de manera prematura, y por todas partes, en todas las montañas de Andalucía, empezaban a estallar incendios con la premura de una lámpara de aceite que se rompe contra el suelo. Donde hubiera un árbol que quemar, allí nacía un fuego terco y azuzado por los vientos, un fuego que se alimentaba de agujas de pino y de cortezas secas como una inofensiva fogata de boy scouts. Un fin de semana, John Regis y otros dos compañeros habían viajado a Málaga para controlar las maniobras desde esos hangares, más próximos al lugar del incendio, y a Málaga llegó la comunicación de que uno de los tres pilotos había caído. Pasaron varios minutos de incertidumbre antes de que llegara la confirmación, la identidad definitiva del piloto muerto, y John Regis experimentó una vez más la sensación terrible que es desearle la muerte a alguien: porque desear la salvación de su amigo era, implícitamente, condenar a otro piloto, uno que no fuera amigo suyo. «La oigo como si la tuviera aquí mismo», dijo John Regis. «La estática, la voz del muchachito que transmitía. Todo eso oigo, pero oigo también el silencio en el hangar, oigo el calor. ¿Eso se puede? Yo no sé si se pueda.» Era el calor que debió de sentir Peter Semones, se diría después John Regis imaginando a su amigo, imaginando el cuerpo de su amigo destrozado por el impacto contra el bosque y devorado sin misericordia por las llamas.

«¿Y la mujer?», pregunté.

«Me tocó a mí», dijo John Regis. «Yo tuve que ir a darle la noticia.»

Y esto fue lo que me contó —¿pero por qué, por qué me lo contaba?— John Regis. Me contó cómo había regresado de Málaga a Rota pensando todo el tiempo en Laura Semones, tratando de pensar en ella por no pensar en el cuerpo quemado y roto de Peter. Me contó cómo había tenido la tentación de meterse en las salas de cine donde daban *Armageddon* y quedarse allí para siempre, viendo eternamente cómo Ben Affleck y Liv Tyler se cantan esa canción, *I'm leaving on a jet plane, I don't know when I'll be back again,* y dejando que el mundo le llevara a Laura Semones la noticia de la muerte de su marido. Me contó cómo había caminado, bajo el calor que ya era cruel, por esas calles con nombres de flores y de árboles, pasando frente a casas iguales, todas con sus paredes blancas y pacíficas de suburbio norteamericano, todas con su buzón y todo buzón con su banderita roja, todas con su Chevrolet o su Chrysler bajo el porche y algunas con su triciclo o su patineta bien estacionados al lado del Chrysler o del Chevrolet. Me contó cómo había distinguido desde lejos la silueta de Laura Semones, que regaba unas plantas de su jardín con una manguera verde, y cómo la había visto desaparecer detrás de la casa y volver a aparecer con una bolsa entre las manos. Me contó cómo al llegar frente al jardín había comprendido que la bolsa estaba llena de semillas, y que Laura las estaba sembrando en un pequeño surco que servía de límite entre su casa y la casa del vecino. Me contó cómo le dijo lo que tenía que decirle, sin saludarla casi, sin pedirle que se sentara ni ninguna de esas frases de película, y John Regis recordaría siempre la imagen de la bolsa de semillas cayendo al suelo y las semillas desparramándose a los pies de Laura, junto a la manguera dormida, y Laura estallando en llanto, llevándose las manos a la cara sin darse cuenta de que las tenía sucias de tierra, de manera que después, cuando John Regis la abrazó como pudo —más por evitar que se desmayara de repente y se hiciera daño al caer—, alcanzó a sentir en su propia cara los restos de la tierra que a Laura se le había quedado pegada en el pelo y en la mejilla, una tierra negra, de un negro intenso, una tierra artificial que difícilmente se encontraba en este lugar de la costa española.

Pasaron los años y no volví a pensar en John Regis. No pensé en nuestra despedida (un abrazo fuerte, como si fuéramos amigos) cuando me fui de París; no pensé en él (ni en sus promesas de escribirme) en octubre de 1999, cuando llegué a vivir a Barcelona; no pensé en él (ni en Peter Semones, el piloto muerto) en agosto de 2007, cuando los azares de unas vacaciones de familia me acabaron llevando a Málaga. Pero una vez allí, nada más natural que recuperar el recuerdo de ese verano en París y volver a pensar en John Regis, después de nueve años de haberlo conocido, y nada más natural, después de recordar aquella conversación y de explicarla un par de veces a mi esposa y a mis amigos, que ceder a la tentación de alquilar un carro y cubrir una mañana las tres horas que hay entre Málaga y Rota, no con la idea de verlo, pues no me parecía posible que siguiera viviendo allí, sino de conocer de primera mano el espectáculo curioso de una base militar que es más grande que el pueblo vecino. Turista: ésa sería mi ocupación en Rota. En el peor de los casos, pensé, me sentaría en un café o en un bar y le haría preguntas a la gente (los roteños saben que la presencia de la base norteamericana les ha mejorado la vida más de lo que nunca habrían podido prever, y siempre se han sentido divididos entre la gratitud y la noción de que esa base es, a fin de cuentas, un cuerpo extraño) y luego tal vez escribiría un artículo corto para alguna revista, lo cual compensaría los gastos del día. Pero secretamente esperaba que un golpe de suerte me permitiera entrar a la base: esperaba que los jóvenes militares que guardaban la entrada de la base bajo un sol brutal cayeran rendidos ante los ejemplares de mis libros, que había llevado a manera de identificación, o por lo menos ante mi carnet de periodista, aunque ya estaba caducado. Por supuesto que no fue así: los libros no los impresionaron en lo más mínimo, ni siquiera miraron el carnet, y se limitaron, no sin cortesía, a señalarme que la entrada estaba prohibida. Era inútil que insistiera, pensé; pero insistí, y descubrí, como era de esperarse, la inutilidad de hacerlo. Y fue entonces cuando decidí buscar a John Regis.

Llamé al servicio de información. Me contestó una mujer con acento que no era andaluz. No tenemos a nadie con ese nombre, me dijo.

Repetí el apellido, deletreando cuidadosamente, asignando a cada letra un lugar como he visto que se hace. Rota. España. Ginebra. Islandia. Suiza. No hay nadie, repitió la mujer (era latinoamericana) desde el otro lado de la línea. No tenemos a ningún abonado con ese nombre.

Repentinamente molesto, me subí al carro y arranqué rumbo a la nacional que me llevaría a la autopista que me llevaría a Málaga. Pero no me sentía molesto por no haber encontrado a John Regis, sino por el hecho de que no encontrarlo me sorprendiera: me molestaba mi propia inocencia. Comencé a bordear la base, viendo a lo lejos el mar, imaginando los barcos de guerra en el puerto, creyendo que los destellos que se veían eran los golpes del sol en los mástiles o en los radares. La carretera no se acababa y tampoco se acababa la alambrada de la base, sus estructuras disuasorias que encerraban un terreno baldío, todo cubierto de un pasto corto, cuya única función era separar las instalaciones militares de la vida civil. Me empecé a preguntar qué habría sido de la vida de John Regis: si alguna vez habría regresado a la base de Rota, si seguiría en Europa, si alguien se lo habría encontrado durante el mundial de 2002, viendo un partido de Estados Unidos en un café de alguna parte. Ahora había algo parecido a la frustración en mi fracaso: de repente era frustrante no poder ver la piscina de la cual Peter Semones escapaba con facilidad extraordinaria, ni entrar a los hangares donde había búhos que comían ratones para que los ratones no se comieran los cables de las turbinas. Y en ésas estaba, recordando los detalles de la conversación que había tenido con ese extraño que no lo era en una ciudad que antes no era extraña y ahora sí, recordando con algo de pudor la manera casi suicida en que John Regis se había confesado conmigo (con esa franqueza que tienen quienes nunca van a volver a verse), en esas estaba, digo, cuando me pregunté por primera vez por la suerte de Laura Semones. Y sin detener el carro, simplemente vigilando por el retrovisor que no fuera a sorprenderme algún policía, busqué mi teléfono y volví a marcar el número de información. Suiza España Madrid Oslo Nicaragua España Suiza. «¿Quiere que le comunique?», me dijo la telefonista. Y en cuestión de metros ya había hecho un giro prohibido y estaba volviendo a entrar en Rota, hablando por teléfono con Laura Semones y diciéndole, sin saber por qué, una mentira blanca. No, ni siquiera una mentira, apenas una exageración, una distorsión leve: que yo era amigo de John Regis, que John me había hablado mucho de ella, que me encantaría conocerla.

«Así que usted era amigo de Johnny», me dijo Laura Semones.

Traté de calcular su edad: cuarenta, cuarenta y cinco. Laura Semones hablaba español con una curiosa mezcla de consonantes andaluzas y norteamericanas, eses aspiradas y erres borrachas; y era, lo pude confirmar, una ex reina de belleza. Ahí estaban las pecas que había descrito John Regis; pero Regis no había descrito la seguridad de sus movimientos, la solidez de su mano al saludarme (a pesar de tantos años en España, no se había acostumbrado a dar besos a las primeras de cambio). En la voz y en los ademanes de Laura Semones, en la manera de moverse por su apartamento diminuto, había algo que sólo puedo llamar madurez. Madurez en un acto tan banal como ofrecerme una lata de San Miguel de la nevera; madurez al poner un vaso de vidrio verde sobre el vidrio transparente de la mesa de centro. «¿Y cómo está Johnny?», preguntó.

«No sé», le dije. «No lo he visto.»

«Ah. Yo tampoco, fíjese. Mejor así.» Y luego: «¿Cómo se conocen?»

No había demasiadas opciones: le hablé de París, le hablé de la plaza del Hôtel de Ville, le hablé del partido de fútbol. Le hablé de la noche larga en que John Regis —«Johnny», le dije— me había contado del accidente, de la ingrata tarea que le había caído encima. «No fue fácil para él», le dije, ya metido de cabeza en el papel que estaba representando y sin saber muy bien por qué lo estaba haciendo, qué pensaba sacar de aquello. Pero entonces Laura Semones me preguntó, con perplejidad genuina, a qué me refería; y debí de ruborizarme un poco al hablar de la llegada de John Regis a la casa de la base y de la bolsa de semillas que Laura Semones tenía en las manos cuando recibió la noticia del accidente. Pero, ruborizado y todo, no esperaba la media sonrisa ominosa que se fue abriendo paso en la cara de Laura, una sonrisa de dolorosa ironía, que no invitaba a sonreír, sino que daba miedo. «¿Eso le dijo?».

«Usted dejó caer la bolsa», dije. «Los dos se abrazaron.»

«Dejé caer la bolsa», repitió Laura Semones. «Nos abrazamos.» Esperó un momento, pareció que de repente iba a llorar, que iba a pasar sin aviso de la sonrisa temible al llanto desaforado. Y entonces dijo cuatro palabras simples y que en su boca sonaron más breves de lo que son realmente: «Qué hijo de puta».

Recuerdo el calor que hacía cuando Laura Semones comenzó a contarme lo que en realidad había ocurrido. Recuerdo, también, las gotas de agua que se habían condensado sobre la lata de cerveza, y que habían comenzado a formar un charco alrededor de la lata, sobre la lámina de vidrio. Después me preguntaría nuevamente, como un eco de otros encuentros, por qué o para qué me había contado todo aquello, pero esta vez era una pregunta hipócrita: esta respuesta sí que la tenía, esta vez sí que sabía por qué o para qué me lo había contado. Por poner en su lugar una emoción equivocada; para desterrar de su memoria un resto cualquiera de cariño que se hubiera quedado aferrado por ahí. «¿Usted conoce las casas de la base?», me preguntó Laura Semones. Le dije que sí (una mentira más, por supuesto). «Bueno», siguió Laura, «la nuestra queda del lado de la escuela, durante el día se oye el escándalo de los niños jugando, los gritos, las pelotas que rebotan. Eso es todo el año, menos los fines de semana y las vacaciones. Y ese día era domingo. A mí no me gusta el aire acondicionado, nunca me ha gustado, así que tenía las ventanas abiertas, y estaba así, sentada en el salón de mi casa, disfrutando del silencio de la calle sin niños, cuando llegó John. No timbró, sino que se asomó por la ventana abierta. Con verlo una vez supe a qué había venido. Así que cerré la ventana, abrí la puerta y ni siquiera lo esperé. Empecé a subir las escaleras mientras me iba quitando la ropa, para ganar tiempo. Cuando llegué a la cama tenía sólo una falda blanca que Peter me había traído de Marruecos una vez. Y así, con la falda puesta, sin que hubiéramos cruzado una sola palabra, me acosté con Johnny».

114

Era la segunda vez que lo hacían. La primera había sido el invierno anterior, un accidente de borrachos: época de fiestas, dijo Laura Semones, Peter de prácticas, sentimiento de abandono, una pelea por algo tonto, las ganas de vengarse. «Tan pronto pasó le dije a Johnny que había sido un error, que no se iba a repetir», dijo Laura Semones. «Él aceptó sin problema, porque también lo quería. Peter era su amigo. Le había enseñado cosas.» Pero pasaron las semanas y no fue tan fácil mantener esa situación: en las reuniones con amigos, en las salidas al cine (John Regis siempre estaba presente), una evidencia molesta se había comenzado a instalar entre ellos: se gustaban. «Nos tocábamos por debajo de la mesa, esas tonterías de adolescentes», dijo Laura Semones. «Si Peter se iba de maniobras, Johnny venía y pasaba el tiempo aquí, oyendo música conmigo, y nos besábamos tal vez, pero no pasaba nada más. No sé, nos daba miedo, o me daba miedo a mí. Qué quiere que le diga. En el fondo sabía que iba a volver a pasar, no soy tan idiota. Luego, tiré esa falda a la basura, claro. Pero primero nos fuimos al cine. En su orden: sexo, cine y luego tirar la falda.»

«¿Al cine?», le pregunté.

«Johnny me dijo que no había riesgos, que Peter no iba a volver todavía. Le pregunté: ¿estás seguro? Y él me dijo: sí, estoy seguro. Y nos fuimos al cine. *Armageddon*. Eso sí que nunca se me va a olvidar. La peli del meteorito y los astronautas.»

115

«La de la canción.»

«Sí, ¿usted la vio? *I'm leaving on a jet plane*», cantó Laura Semones. «Sonaba esa canción y Johnny, sentado a mi lado, sabía perfectamente que mi marido acababa de matarse. Todavía me parece increíble.»

No se lo dijo nunca: John Regis nunca le dio la noticia que tenía que darle. Se despidieron como amigos fuera de la sala, y Laura Semones caminó sola y feliz hasta su casa, aún incapaz de sentirse culpable por lo que había hecho, y tarareando la canción de la película. La esperaban, en el contestador automático, cuatro mensajes. Tardó en comprender el primero, porque le faltaba una pieza de la información: la pieza que habría debido darle John Regis. «Lo sentimos tanto, querida», le decía la voz de un vicealmirante de fragata que era muy amigo de su marido. «No queremos molestar, pero llámanos si necesitas algo.» Y luego tres mensajes más. Mientras los escuchaba, conforme se iba percatando de lo que había sucedido (aunque no de los detalles), Laura recordaba, incrédula, la llegada de John Regis. De alguna manera vergonzosa y contradictoria llegó a sentirse halagada por él, por ese hombre que había sido capaz de mantener un silencio cruel e incluso violento para acostarse con ella por última vez, consciente de que después, cuando se conociera la muerte de Peter Semones, un fantasma se instalaría para siempre entre los amantes. Entonces escuchó, a la distancia, el vuelo de un helicóptero, y se preguntó si era John Regis que despegaba, siguiendo la vieja tradición de los pilotos cuando uno de los suyos ha caído: salir y volar lo antes posible, volar para espantar el miedo, volar para neutralizar la muerte.

Nosotros

Dos días después de la desaparición, cuando en las redes empezaron a circular las preguntas inquietas de su exesposa, los amigos estuvimos de acuerdo en que Sandoval, tras despedirse de nosotros, se había ido a buscar a su nueva novia, una veinteañera incombustible de tobillos tatuados con la que llevaba saliendo unos cuantos meses, y no era improbable que la noche se hubiera salido de madre y hubiera terminado en algún hotel indulgente, entre botellas de ron vacías y pies desnudos que las patean y fantasmas de cocaína en las mesas de vidrio. (Sus amigos le conocíamos esos excesos, los tolerábamos y a veces los juzgábamos: hipócritamente, pues todos habíamos participado en ellos alguna vez.) Pero en las redes se hizo evidente muy pronto que nadie lo había visto, ni la nueva novia ni su madre ni sus vecinos, y el último testimonio con que se contaba era el del taxista que lo había esperado a primera hora de la mañana frente a un banco del norte, la puerta amarilla abierta como un ala y el motor encendido, mientras Sandoval sacaba de un cajero más billetes de los que parecía aconsejable llevar encima en nuestra ciudad acosadora. Se pensó que lo habían secuestrado; se habló de *paseo millonario,* y tuvimos que imaginar a Sandoval recorriendo la ciudad y sacando de los cajeros todo lo que pudieran darle sus tarjetas generosas, y luego regresando a pie, aterrado pero a salvo, desde algún potrero insondable del río Bogotá. Las redes nos trajeron mensajes de solidaridad o de ayuda, descripciones de Sandoval —estatura de uno con ochenta, pelo muy corto de canas prematuras— y buenos deseos redactados con palabras que no eran optimistas, cierto, pero todavía no eran luctuosas; y sin embargo ya algunos sugerían una escena en que sus asaltadores siguen a Sandoval desde el banco, esperando que se quede solo, y le roban el dinero y el reloj y el celular antes de pegarle un tiro en la frente.

Alicia, la ex esposa de Sandoval, se preocupó desde el principio de una manera más intensa, o por lo menos más pública, de lo que hubiéramos esperado. Se habían conocido en la universidad, poco antes de que Sandoval abandonara los estudios, y en su matrimonio hubo algo como un sutil desequilibrio, pues ella parecía llevarlo siempre a remolque. Fue ella quien le sugirió a Sandoval montar una firma de inversiones, fue ella quien le trajo los primeros clientes y contrató a los mejores contadores, fue ella quien consiguió una oficina compartida, para ahorrar gastos, y quien convenció a Sandoval de que no importaba que la oficina fuera vieja, pues el ambiente de mesas con lámina de vidrio y madera olorosa a líquido de muebles no es grave si la gente al salir de la oficina tiene más plata de la que tenía al entrar. Siempre nos pareció a todos que Alicia merecía algo mejor que Sandoval, y las primeras horas de su desaparición fueron conmovedoras por eso: por verla a ella, una mujer mucho más sólida que él, más terrenal y más animosa, usando todo el empuje que le daba su tristeza para preocuparse por un tipo como nuestro amigo: inasible, escurridizo, en continuo movimiento, como si alguien lo persiguiera.

Entonces nos enteramos de que los billetes habían llegado bien a su destino. «La plata era para pagarnos», dijo más tarde, cuando comenzaron los interrogatorios, su secretaria de los últimos tiempos. A eso de las ocho y media, la mujer había llegado al trabajo para encontrarse los sobres con los nombres de los once empleados bien escritos con la letra del jefe (esa letra inclinada hacia atrás, como si el viento le diera de frente); luego se supo que Sandoval no les había pagado el mes en curso, sino también los dos siguientes, y eso bastó para que muchos sostuvieran en las redes que ya entonces había tomado una decisión, aunque nada se supiera de su naturaleza. Acerca de lo ocurrido a partir de ese momento —*el momento del cajero,* como se conoció de inmediato— tampoco se sabía nada; Alicia seguía manteniéndonos al tanto de las averiguaciones, de las denuncias hechas ante imberbes policías hastiados, de las búsquedas infructuosas en los hospitales primero y en las morgues después, y también de la angustia de la pequeña Malena, que se había dado cuenta de todo y había empezado a llorar un llanto clandestino debajo de su cobija de tulipanes. Y nosotros nos escribíamos a horas profundas de la noche, simplemente para compartir el insomnio de la incertidumbre.

Al tercer día después de la desaparición, las meticulosas redes nos trajeron una noticia que confirmó las sospechas más viles: Sandoval había salido del país. La presión de los trinos acabó por llegar a los oídos correctos, y una revista caritativa reveló en internet unas imágenes de calidad precaria en las cuales Sandoval, o alguien muy parecido a Sandoval, se acercaba a la ventanilla de Emigración y levantaba la cabeza, como para hacer chasquear los huesos del cuello, mientras el funcionario le sellaba el pasaporte. Nunca sabremos si llegó a creer en algún momento que de verdad podía pasar desapercibido, pero es muy probable que haya sido así, porque de otra manera hubiera tomado más precauciones para esconderse. En las redes comenzó pronto una discusión entre dos bandos: si Sandoval estuviera fugándose de algo, decían unos, habría disimulado, se habría escondido, habría llevado un saco con capucha o una gorra de béisbol o un sombrero vallenato o al menos unas gafas oscuras para hurtar el rostro a las cámaras impertinentes y ubicuas; que no lo hubiera hecho, sostenían los otros, no era sino la prueba de que se creía y siempre se había creído por encima de la ley, un intocable, un dueñodetodo, un miembro de esa clase que había crecido con la convicción profunda de que el país era su finca y ellos eran los capataces.

Alicia se desgastaba en intentos vanos por pedir respeto. Alegaba (la veíamos alegar) que nadie tenía pruebas de que hubiera hecho nada malo y que de todas maneras él seguía sin dar señales de vida, aunque se hubiera visto lo que se vio en las cámaras. La familia emitió entonces un comunicado para anunciar que Sandoval seguía oficialmente desaparecido, pues, a pesar de haber *tratado por todos los medios posibles de ponernos en contacto con él,* ni su exesposa, ni su madre, ni sus amigos habían recibido ningún tipo de noticia, *ni él ha acusado recibo de nuestros mensajes.* Algunos en las redes ya lo insultaban por desconsiderado, por ver el espectáculo de angustias de sus familiares y no reaccionar de alguna manera, y otros preguntaban cómo iba a reaccionar, si a estas alturas ya probablemente estaba metido en el baúl de un carro con un tiro en la frente. Las autoridades contestaron al comunicado de la familia con su propio comunicado, en el cual *se hacía constar* que el señor Sandoval Guzmán *había realizado emigración* en el aeropuerto El Dorado a las 7:14 de la mañana, abordado el vuelo 246 y tocado tierra en Washington a las 2:39 de la tarde, hora local, sin que pudiera determinarse todavía si *había efectuado trámites de inmigración* en el aeropuerto internacional de Dulles. Pero en cuanto se supiera, decía caritativamente el comunicado, se *daría pronta noticia*.

¿Washington? ¿Qué motivo habría podido tener Sandoval para viajar a Washington? Nunca, hasta donde nos alcanzaba el recuerdo de su vida, lo habíamos oído hablar de Washington como uno de sus destinos de negocios, ni podía Alicia acordarse de que allí tuviera amigos o intereses. En cuestión de horas se habían abierto grupos en las redes con nombres como *Apoyo a Sandoval Guzmán en Estados Unidos* o *Have you seen Sandoval Guzmán*? Y allí se publicaban fotos de hombres parecidos a Sandoval; declaraciones de colombianos que daban consejos (a quién acudir, dónde buscarlo) desde su experiencia como residentes en el distrito de Columbia; teorías de lo sucedido que incluían estados de coma, amnesias, atracos con escopolamina que ponen la voluntad al servicio de los atracadores y cuyas víctimas pueden moverse, tomar aviones y presentar documentos sin que nadie se percate de que se han ausentado de su propio cuerpo. Alguien dijo haberlo visto en un estadio, alguien habló con él en la barra de un bar, alguien compartió con él un viaje en bus hacia el sur. Y en las redes hablábamos de la pobre Malena y especulábamos sobre ella, sobre lo que se le podía pasar por la cabeza, sobre las respuestas que Alicia le estaría dando (y nos preguntábamos cuánta verdad cabría en esos diálogos, cuánta fabricación era necesaria). Pero nunca respondimos a un trino anónimo: *Además el tipo tiene una niña divina, se llama Manuela, mucho malparido abandonarla así*. No, nunca respondimos, ni corregimos el nombre: eran muy pocas letras, y tampoco hubiera servido de nada. Nos dijimos, eso sí, que Malena tenía apenas cuatro años, de manera que no tardaría en olvidarse de todo esto. Aunque también era cierto que en las redes nada se olvida, y todo esto seguiría disponible en diez o quince años para que la niña, que para entonces ya no sería una niña, lo consultara y supiera. Porque las redes no olvidan nada; en ellas sólo son efímeras las buenas noticias, las satisfacciones y los pequeños o grandes éxitos, mientras que los errores y las culpas y los diversos traspiés y las palabras descuidadas, todo aquello que mancha una vida, permanece alerta, agazapado y listo para saltarnos a la cara. La mancha no se va, no se limpia nunca por completo, aunque podamos esconderla o disimularla, y basta que entre en contacto con las sustancias adecuadas para que aparezca de nuevo en la tela pulcra de nuestra vida.

La noticia comenzó a circular durante la noche. Fue lo primero que vimos en la mañana, que para algunos comienza cuando no ha salido el sol. Sandoval había aparecido muerto en un cuarto de hotel, en Jacksonville, estado de Florida. Al parecer había llegado en un bus Greyhound desde Washington, pasando por Raleigh y por Fayetteville y por Savannah, en un trayecto de dieciséis horas que no tenía destino conocido. En el hotel pidió una hamburguesa y una copa de vino, y después de comer sacó la bandeja con los restos y la dejó junto a la puerta número 303; y entonces completó con lápiz el papel del desayuno, ese que se debe colgar por fuera antes de cierta hora de la madrugada para que alguien despierte al huésped con su comida. Hizo cruces en las casillas del café y del jugo de naranja y de los huevos fritos *sunny side up;* en el apartado de la hora de entrega, hizo una cruz en la casilla de las 7:30. Y luego, en calzoncillos y camiseta, se metió entre las sábanas y se tragó un frasco de somníferos con una botella de agua del minibar. La televisión estaba encendida cuando lo encontraron, pero nadie sabe qué programa haya visto antes de quedarse dormido. Se sabrá con el tiempo, por supuesto, cada uno de los detalles se acabará sabiendo, pero lo que no se ha sabido todavía, lo que sigue debatiéndose (a veces en términos muy agrios: las discusiones en las redes son acaloradas), es qué razones tuvo Sandoval para huir de su vida. Por ahora sólo podemos especular, como se ha venido haciendo: ¿un desfalco millonario, las pruebas de una promiscuidad irredenta? ¿Aparecerán ahora fotos de niñas impúberes, obscenos mensajes de texto, imágenes de penes erectos con leyendas que nos parecerán vergonzosas? ¿O descubriremos tal vez alguna especie de desahucio, una injusticia irremediable, los resultados condenatorios de un examen médico, inapelables como una sentencia? En esto estamos de acuerdo, por lo menos: era una huida lo que Sandoval llevaba a cabo o trató de llevar a cabo, una reinvención, el comienzo de una nueva vida. Trató de esfumarse para ser otro o para ser nuevo o para dejar de ser sin molestar a nadie, y es una lástima que no lo hayamos encontrado a tiempo, pues acaso hubiéramos podido rescatarlo, sí, convencerlo de volver a estar entre nosotros.

Aeropuerto

Creo que fue en septiembre de 1998, o tal vez
en octubre, pero ahora las fechas se mezclan en mi
cabeza y soy incapaz de asegurar que los hechos no
hubieran sucedido justo antes del verano. Yo seguía viviendo en París y, aunque en ese momento
no lo supiera, estaba a punto de dejar la ciudad, en
parte por la dificultad de encontrar formas de ga-
narme la vida. El año anterior había publicado
una novela de ciento veinte páginas en una pequeña editorial colombiana y al año siguiente apare-
cería la que por entonces trataba de escribir, pero
mi economía era la de un estudiante. Ésas eran las
circunstancias cuando recibí, un viernes, una llamada que al principio me costó un poco comprender: me hablaba del próximo domingo, de un
café del norte de París, de un bus que me esperaría
a las siete de la mañana, y sólo entonces recordé
que M, mi novia, había pasado varias semanas
atrás por la Librería Española de la rue de Seine, y
había encontrado en el tablero de anuncios un pa-
pelito blanco donde se leía:

HOMBRES Y MUJERES 25 - 30 AÑOS,
ASPECTO MEDITERRÁNEO,
SE REQUIEREN COMO EXTRAS DE UNA FILMACIÓN.
500 FRANCOS, UNA JORNADA.
NO SE PRECISA EXPERIENCIA.

Sin decírmelo, sin duda previendo mi escepticismo o mi negativa directa, M había mandado la foto y el breve currículum que pedían los productores, y ahora la voz que me hablaba desde el otro lado del teléfono me explicaba que había sido escogido, y se sorprendía ligeramente al escuchar la desidia en mi voz en vez de la gratitud a la que sin duda estaba acostumbrada. Y fue tal vez por eso que me preguntó si sabía de qué filmación se trataba. «Me da un poco lo mismo», le dije, «no soy actor, nunca he actuado, no sé estar frente a una cámara».

«Ah, pero no es una cámara cualquiera», me dijo ella. «Es la de Polanski. Es la última película de Polanski.»

Eso, por supuesto, lo cambiaba todo. El sábado pasé un par de horas recorriendo las tiendas de películas de segunda mano y mi videoclub de la place Maubert, y durante la tarde volví a ver *Rosemary's Baby,* y también *Frantic,* y también *Death and the Maiden,* y al mismo tiempo que volví a sentir la admiración y la sorpresa de siempre, volvió a pasarme lo que me había pasado tantas veces: la incapacidad de olvidarme de la inquietante relación que habrá siempre entre el horror de las películas y el horror de la vida, la atribulada vida de Polanski. Pero pronto me olvidé de todo menos de un hecho concreto: con algo de suerte, lo iba a ver. Iba a ver a Polanski, lo vería trabajar. Y el domingo, a las siete menos cuarto de la mañana, me encontré allí, frente al café, junto a un grupo de unas veinte o treinta personas que hacían cola, como yo, para firmar una especie de acuerdo que incluía, entre otras cláusulas, la prohibición expresa de revelar los detalles de la trama. La cláusula era inútil, por supuesto, porque ningún aspecto de la trama nos sería revelado a los extras, pero eso no lo sabíamos en el momento de firmar. Y sin embargo las preguntas circulaban entre nosotros: «¿De qué se trata?». «¿Quién actúa?» «¿Qué tenemos que hacer?» Corrieron nombres y rumores, y los hombres y mujeres de aspecto mediterráneo formamos en fila y recibimos las instrucciones pertinentes en el fresco de la mañana, varios de nosotros en mangas de camisa y otros apenas protegidos con una chaqueta ligera, y enseguida nos subimos al bus que menos de una hora después estaba deteniéndose en un parqueadero escondido del aeropuerto Charles de Gaulle, un lugar cerrado al público donde cada treinta segundos se oía el despegue de un avión (el escándalo progresivo de las propulsiones) pero donde en cambio era notoria la ausencia de ese otro ruido: el de la gente. Así son esos espacios públicos cuando el público no está.

Al entrar, sin embargo, yo no pensaba en eso, no creo que pensara en eso. Pensaba en el 8 de agosto de 1969, y sospecho que no era el único.

Los hechos de esa noche cerraron para siempre la década de los sesenta, me parece a mí, y la prueba es que yo, que nací casi cuatro años después, siento como si hubiera estado vivo en ese momento, como si hubiera sido uno de los miles de lectores de periódicos que se iban enterando poco a poco de las investigaciones y sus resultados. Según he podido comprobar con el tiempo, todos recordamos los hechos de una manera distinta, todos conservamos nuestra propia cronología e incluso nuestra propia explicación de lo sucedido. Al pensar en esa noche, yo pienso en la curiosa configuración de la ciudad de Los Ángeles, llena de nichos en las colinas que la rodean, llena de calles muertas que bordean las colinas. Cielo Drive es una de esas calles, y el número 10050 es el último, donde la calle se cierra y se vuelve sobre sí misma. La casa era larga y estaba separada de la entrada por bastante más de cien metros; de hecho, su disposición sobre el terreno, así como el follaje generoso de los árboles, la mantenía separada de las demás casas del vecindario. A la casa se llegaba por una puerta eléctrica: había un botón de ambos lados que permitía abrirla sin tener que bajar del coche. Pero tal vez lo más importante de todos estos detalles es que no los conozco de primera mano, porque, aunque he estado alguna vez en Los Ángeles, nunca he estado en Cielo Drive. Allí, en el aeropuerto Charles de Gaulle, mientras me disponía a servir de extra para una película de Polanski, me di cuenta de que podía describir la casa y los árboles y la puerta de entrada y el botón que la abría porque había visto fotos, miles de fotos que empezaron a aparecer en la prensa después de esa noche terrible y que las generaciones siguientes hemos heredado, más o menos como hemos heredado el video de Zapruder —la cabeza de Kennedy volando en pedazos— o algunas fotos de Auschwitz, digamos, o de Treblinka. Y es por esas fotos, por esa memoria desgraciada de los medios, que cualquiera de nosotros, los extras, podíamos imaginar la llegada de los asesinos, poco antes de la medianoche, a la casa de los Polanski.

Parece que no usaron la puerta por miedo de que estuviera electrificada: entraron escalando el muro de contención. Durante los últimos tres días Los Ángeles había sufrido una ola de calor, y ese mismo calor estaba en la entrada del aeropuerto Charles de Gaulle veintinueve años después, mientras los extras esperábamos ante unas puertas de cristal a que un encargado nos abriera. ¿O tal vez era impresión mía? Polanski, que para esa noche de 1969 ya era una celebridad, se había casado el año anterior con una actriz que estaba lejos de serlo, pero que ya había comenzado el camino:

Sharon Tate. Las fotos, las series de televisión, la película que lanzó ese mismo año, todas las imágenes muestran a una mujer bellísima, pero no suelen recordar que también era una mujer inteligente y atrevida, capaz de irse a vivir con Polanski en Londres poco después de conocerlo, y capaz de verse a sí misma con ironía tras hacer un papel particularmente imbécil en una película particularmente imbécil. Pero lo cierto es que se querían; su matrimonio, en enero de 1968, había llamado la atención de los medios, más después de los desnudos que se habían publicado en *Playboy* y cuyo autor era —así es— Polanski. A finales de ese mismo año, Sharon Tate estaba embarazada: estaba embarazada en febrero de 1969, cuando los Polanski decidieron mudarse de Londres a Los Ángeles tomando como residencia la casa de Cielo Drive; estaba embarazada durante todo el primer semestre del año, mientras trabajaba en varios proyectos en Europa; estaba embarazada en julio, cuando subió a bordo del *Queen Elizabeth,* sola, y viajó a Los Ángeles. Habían acordado con Polanski que él llegaría el 12 de agosto, un par de semanas antes de que naciera el niño. El día 8, Sharon Tate se tomó una fotografía de perfil: la luz es magnífica, y Tate aparece con el pelo recogido, en traje de baño y camiseta, ostentando su embarazo. Esa noche fue a cenar con tres amigos: Jay Sebring, Abigail Folger y Voytek Frykowski. Volvieron a la casa de Cielo Drive a las 10:30, y Sharon Tate les pidió a los amigos que se quedaran a pasar la noche, para que ella no estuviera sola en su estado. Un rato después, los cuatro asesinos —un hombre y tres mujeres, ninguno mayor de veintitrés años— llegaban a la propiedad en un viejo Ford, todos vestidos con ropas oscuras, todos armados con cuchillos y uno de ellos con una pistola. Subieron por un lado de la colina, el hombre cortó los cables del teléfono, y luego volvieron a bajar hasta encontrar la puerta. Escalaron el muro de contención y una vez dentro se toparon con las luces de un Rambler que salía. El que había cortado los cables del teléfono les dijo a las chicas que esperaran. Se acercó al Rambler, le ordenó que se detuviera, le disparó varias veces al conductor. Los cuatro comenzaron a caminar hacia la casa. Una de las mujeres se quedó fuera. Los demás buscaron por dónde entrar.

Yo he pasado breves momentos en estadios vacíos, en museos después de cerrar, pero nunca he vuelto a sentir esa extrañeza que sentí al entrar al Charles de Gaulle con un grupo de treinta personas, empequeñecidas y calladas como cuando se llega a una catedral (digo extrañeza, pero también podría decir desazón: era desazón lo que me producían los techos altos y los suelos fríos y las ventanas por todas partes). Ya para este momento sabíamos que el título de la película era *La novena puerta,* que la trama se basaba en una novela de Pérez-Reverte, *El club Dumas,* y que los protagonistas eran Johnny Depp y Emmanuelle Seigner, la mujer de Polanski. «La tercera», corrigió alguien en francés, y al darme la vuelta me topé con un muchacho que no podía tener más de veinticinco años y que ya se arrepentía de su comentario: las mujeres de Polanski eran, lo sabía todo el mundo, un tema sensible, incluso prohibido. Una joven de chaleco azul que se identificó como parte del equipo nos condujo, a través de unas vitrinas de control de pasaportes donde no había funcionarios ni pasaportes que controlar, a un corredor bien iluminado por la luz del día. Se unió a nosotros otro grupo de extras; la joven del chaleco, junto con un par de colegas, empezó a distribuirnos por el corredor, y aquella ala del aeropuerto, que hasta hacía un instante parecía un lugar fantasma, un Charles de Gaulle de atrezzo, comenzó lenta, misteriosamente, a cobrar vida. Y entonces, en medio del movimiento de la gente, de las preguntas de los extras y las respuestas de los productores que llenaban el aire, se abrió el grupo y al fondo, quieta como un vagón manual abandonado en una carrilera, había una plataforma móvil de color negro y ruedas de caucho; sobre la plataforma, una cámara también negra y junto a la cámara un monitor, ambos aparatos cubiertos de leves destellos plateados (la discreta vida del cromo y los cristales); y sentado frente a la cámara, los brazos tan delgados que las mangas de la camiseta parecían flotar alrededor de los bíceps, estaba Polanski.

Hablaba con otro hombre, más alto y más fornido, que asentía con sumisión; las manos de ambos se turnaban para acercarse al monitor y señalar algo, y luego volvían a debatir (el hombre miraba a Polanski; Polanski, en cambio, no lo miraba a él). Lo observé con cuidado, todo el tiempo pensando en las escenas de sus películas, en tejados de París, en persecuciones por el barrio chino de Nueva York, en lunas de miel en barcos, haciendo un esfuerzo consciente por no pensar en Cielo Drive y en los hechos de 1969, como si hacerlo fuera violar algo, irrespetar algo que merecía mi respeto (y tal vez así era). Mientras tanto nosotros, los extras, recibíamos la descripción de la escena y de nuestra participación en ella. Johnny Depp —el personaje de Johnny Depp— llegaba en avión a Madrid, desembarcaba y empezaba a caminar en medio de otros pasajeros, y sólo en ese momento levanté la cabeza y me percaté de que las señas y los carteles del aeropuerto Charles de Gaulle habían sido cubiertos por carteles y señas en español o, para ser precisos, en español e inglés: por virtud de las magias o las trampas de la ficción cinematográfica, estábamos en el aeropuerto de Barajas. Después me enteraría de que Johnny Depp andaba persiguiendo un libro titulado *Las nueve puertas del reino de las sombras,* de que el libro contenía una serie de grabados cuya correcta interpretación podía convocar al demonio, y de que ya se habían cometido crímenes que imitaban los crímenes de los grabados. Pero allí, en el aeropuerto, no lo sabía aún.

Cada uno de nosotros tenía una coreografía particular alrededor del personaje de Depp, unos caminando a su lado, otros más rápido, junto a la ventana, y uno, sólo uno, cruzando entre el actor y la cámara. Nunca sabré por qué decidieron los productores que me tocara a mí ese papel, pero no tuve tiempo de preguntármelo demasiado, porque en cuestión de segundos comenzó un revuelo apenas sensible y luego el hombre que estaba al lado de Polanski se irguió sobre la plataforma móvil y, mientras Polanski se agachaba como escondiéndose en el ojo de la cámara, gritó, casi con aburrimiento o con desdén, esa palabra que más que una orden es ya un cliché: «¡Acción!». Comenzamos a movernos según las instrucciones, y la primera vez mi atención sólo pudo concentrarse en la rutina, el recorrido que debía hacer, pasando junto a varios otros pasajeros sin chocar con ellos, sin tocarlos siquiera, y llegué a estar a un par de pasos de Johnny Depp cuando alguien (no vi quién) gritó ese otro cliché, «¡corten!», y los extras nos seguimos moviendo breves segundos, como juguetes llevados por la inercia, hasta detenernos. Mientras Polanski discutía con sus lugartenientes, la gente de los chalecos azules nos llevaba de vuelta a las posiciones de origen. Y todo volvió a empezar: nuevamente Johnny Depp llegaba a Madrid, nuevamente se leía en su cara el desconsuelo por el asesinato de un amigo. Pero tampoco esto se sabía entonces, sino que los extras lo averiguaríamos después, al ver la película. Yo recuerdo con precisión cuándo la vi: fue al año siguiente, en unos cines de Bruselas. Recuerdo también la compasión que sentí por Johnny Depp al ver la escena del aeropuerto, y ahora me pregunto si lo que estaba sintiendo no era compasión por Polanski, y admiración también, la inevitable admiración que siempre he sentido ante los sobrevivientes. Pero tal vez lo que sentía era esa sensación extraña, tan contemporánea, esa especie de cifra de nuestro tiempo asediado por las imágenes y la violencia, o por la violencia de las imágenes: la sensación, derivada de la incertidumbre, de que todo puede ser ficción o, lo que es peor, de que todo puede ser verdad. La sensación de que no hay ninguna amenaza del mundo inventado que no pueda pasar al mundo real y hacernos su víctima. La sensación, en fin, del miedo más primigenio y más infantil: el miedo de la credulidad. Si era en realidad eso lo que sentía, tal vez la emoción viniera acompañada de otra que nunca he sabido nombrar, pero que apareció durante esa tarde cada vez que me fijé en Johnny Depp y su dolor fingido; pues frente a él estaba otro hombre en cuyo rostro no se veía ningún dolor, otro hombre que quizás se esforzaba en ese mismo instante por fingir lo contrario: serenidad, resignación, acaso olvido.

* * *

Lo cuento como lo recuerdo por los artículos que he leído, por las imágenes que he visto, aunque quisiera no haber visto ni leído nada de esto. No soy el primero ni seré el último en reproducir lo que pasó. Puedo contarlo así porque ya ha pasado el tiempo y no existen para nosotros las confusiones y los malentendidos y las versiones que existían en 1969, cuando durante mucho tiempo se ignoró quiénes habían sido los asesinos y por qué habían asesinado. Tres de ellos entraron a la casa por la ventana del comedor, y se toparon primero con Voytek Frikowski, que descansaba en el sofá del salón. «¿Quiénes son ustedes y qué hacen aquí?», preguntó Frikowski. El hombre respondió: «Soy el diablo». Las mujeres dieron una vuelta por la casa para confirmar cuántos habitantes había: encontraron a Abigail Folger en una habitación y, en la otra, a Sharon Tate y a Jay Sebring (cada uno de los que iban a morir habrá pensado en ese momento que los asesinos eran conocidos de la casa, porque por esa casa habían desfilado siempre, sin anunciarse, gentes de cualquier ralea). En pocos minutos todos habían regresado al salón; los asesinos les ordenaron echarse boca abajo en el suelo; Sebring, señalando a Tate, pidió que le dejaran sentarse, ya que estaba embarazada, y la única respuesta del hombre fue dispararle. Después una de las mujeres ató una cuerda al cue-

144

llo de Sebring, y con el otro extremo rodeó el cuello de Sharon Tate y el cuello de Abigail Folger, lanzó la cuerda por encima de una viga y empezó a tirar de ella. Una de las mujeres se lanzó sobre Frikowski, que se defendió como pudo y en el forcejeo recibió varias heridas de cuchillo; salió de la casa corriendo, pero el asesino lo alcanzó y lo golpeó varias veces con la culata del revólver y luego lo pateó en la cabeza. La otra mujer, mientras tanto, acuchillaba una y otra vez a Abigail Folger, que también alcanzó a salir al jardín y sería encontrada, vestida sólo con una bata de dormir, sobre la hierba cuidada. Sharon Tate recibió dieciséis cuchilladas. Le rogó a su asesina que la dejara ir, que le perdonara la vida, que le permitiera tener a su bebé. Pero sus súplicas no tuvieron éxito. Sharon Tate, la esposa de Polanski, murió acostada en posición fetal junto al sofá.

La mujer que la asesinó recogió una toalla y la usó para escribir, con la sangre de su víctima y en la parte inferior de la puerta principal, una sola palabra: *PIG*. Luego tiró la toalla a cualquier parte, y la toalla acabó cayendo sobre la cabeza de Jay Sebring; al ver la escena horas más tarde, alguien habló de una especie de capucha, y eso dio lugar a las infinitas especulaciones sobre sectas satánicas que rodearon la investigación del caso durante los meses siguientes. (Polanski había dirigido *Rosemary's Baby*, y eso no hacía más que aumentar los rumores; comenzaron a circular fotos en las que aparecía Sharon Tate practicando algún rito macabro, pero alguien señaló que se trataba de fotogramas de *El ojo del diablo,* una película de trama ocultista que Tate había protagonizado en 1967.) Después, las dos mujeres y el hombre salieron por la puerta de la propiedad; la mujer restante los esperaba en el Ford. Se cambiaron de ropa mientras escapaban por las carreteras de las colinas, arrojaron la ropa ensangrentada en un baldío, y a eso de las dos de la mañana llegaron al rancho Spahn, donde los esperaba el líder de eso que ellos llamaban «la familia»: Charles Manson. Un hombre pequeño, flaco, de pelo largo y barbudo, que más tarde se marcaría el entrecejo con una cruz y luego convertiría esa cruz en una esvástica, un resentido que había fracasado como compositor y que se había inspirado en una canción de los Beatles, *Helter Skelter,* para ordenar una serie de crímenes sin móvil aparente, sin coherencia ninguna, sin más rasgo en común que la extrema crueldad, con la esperanza de que fueran atribuidos a los negros y provocaran una guerra de razas. La ficha de Manson, que había entrado y salido de la cárcel desde la niñez, consignaba dos alias: Jesucristo y Dios.

La escena del aeropuerto se reprodujo siete veces; siete veces salió algo mal, o Polanski cambió de opinión, o un fallo de la luz lo obligó a corregir la toma. Con cada repetición la rutina se volvía más automática, y mi atención quedaba libre para fijarse en otras cosas, en la chaqueta de Johnny Depp, en su barba que no era artificial pero lo parecía, en la expresión de estudiado desencanto que asumía al caminar. A partir de un momento me fijé en la plataforma móvil y en el hombrecito frágil que desde una silla era el responsable del mundo inexistente en que vivíamos todos, los extras y Johnny Depp, el mundo apócrifo donde el aeropuerto Charles de Gaulle había dejado su identidad y se había convertido en el aeropuerto de Barajas. Tampoco yo era un escritor principiante que vivía en París y ya estaba harto de la vida en París y en pocos meses se mudaría a Bélgica y en un año estaría llegando a Barcelona, sino un pasajero de un vuelo que llegaba a Madrid y no sabía que ese hombre con el que se cruzaba estaba a punto de entrar en contacto con una secta satánica. Cada uno de nosotros, jóvenes de veinticinco a treinta años con aspecto mediterráneo, éramos otras personas en un mundo paralelo, todos viviendo en ese momento a las órdenes de Roman Polanski, dueño y señor de nuestras vidas y de sus leyes. Polanski tenía poder sobre nuestros movimientos, podía ordenarnos hablar si así lo deseaba, podía controlar lo que hacíamos en ese mundo paralelo y, lo más importante, podía controlar lo que los demás nos hacían. Traté de imaginar lo que sentía Polanski en ese mundo donde todo el mal estaba rigurosamente vigilado, como la explosión de una maleta sospechosa por parte de un comando antiterrorista. Traté de ponerme en el lugar de Polanski, eché mano de toda la empatía de que soy capaz, y al final fracasé. Allí, en el aeropuerto francés transformado en aeropuerto español, reconocí la distancia inmensa que me separaba del hombre de la cámara; constaté, por decirlo así, los límites de nuestra imaginación y de nuestra solidaridad. Corten, dijo alguien entonces, y el mundo volvió a detenerse.

Esa tarde, el mismo bus que nos había traído en la mañana nos dejó en el mismo lugar donde nos había recogido, frente al mismo café cerrado, y desde ahí llegué, después de dos conexiones de metro, a mi apartamento de la rue Guy de la Brosse. Llegué tan cansado —debía de ser la tensión, recuerdo haber pensado, la terrible responsabilidad que uno siente, aunque en realidad no tenga ninguna, cuando participa en un esfuerzo colectivo— que apenas si pude detenerme frente a la entrada del metro Jussieu, en un puesto callejero de comida vietnamita, y comprar algo para llevar. Pero no llegué a comer: ya en mi apartamento, decidí recostarme un rato para recuperarme antes de servir la comida en un plato decente, y acabé quedándome dormido y despertando tres horas después, cuando ya era noche cerrada y el silencio, en esa pequeña calle escondida, era casi total. Me dolía la cabeza: un dolor sordo detrás de los ojos, hecho de sangre que late en las sienes como el dolor de la resaca. El apartamento, por supuesto, estaba en penumbras, sólo iluminado por la débil luz amarillenta de los faroles de la calle. Ese vago resplandor, entrando por las puertas cristaleras que daban a la pequeña terraza, formaba rectángulos sobre el techo, o tal vez no eran rectángulos, sino trapecios o romboides, figuras que se movían como las luces de un reflector que busca a un evadido, y eso fue lo primero que vi al abrir los ojos. Tardé un brevísimo instante en recordar dónde estaba —en una ciudad que no era mía— y con quién estaba —solo—, y hubo, en ese instante de confusión, la urgencia de hablar con una voz entre todas las voces. *Una voz querida:* son palabras de un verso viejo, el verso de un poeta colombiano que no las escribió para que atenuaran un momento de soledad. Levanté el teléfono y llamé a Bélgica, donde vivía M, y la desazón sólo se hizo tenue y manejable cuando ella, por fin, pasó al teléfono y me dijo que estaba bien, que había tenido un buen día, que no, que nada le había pasado. Vivía en una casa grande en medio de las Ardenas, una casa rodeada de bosques cuyo dueño cazaba jabalíes que su mujer preparaba después, una casa de piedra en la cual acabaría viviendo yo mismo un tiempo más tarde. Me preguntó cómo había ido lo de Polanski y le dije que bien. «¿Sólo bien», me dijo ella. «Sólo bien», dije yo. Pero añadí: «No quiero hablar del tema». Entonces ella debió de oír algo en mi voz, debió de entender algo antes incluso de que lo entendiera yo mismo, o acaso lo entendió de una manera mejor o más aguda o más generosa o más clarividente, como solía entender las cosas para mi envidia y mi pasmo, porque enseguida la conversación tomó otro rumbo y M comenzó a decirme que los ruidos que se oían eran los del viento soplando, y también me dijo que afuera, en la arboleda que rodeaba la casa de las Ardenas, estaba completamente oscuro, pero que esa oscuridad le gustaba, y en el momento de mi llamada había estado jugando a apagar la luz de su cuarto, en el tercer piso de la casa, y mirar por la ventana: si uno dejaba pasar el tiempo suficiente, incluso aquí, en esta noche perfecta, el cielo comenzaba poco a poco a separarse de la tierra y se formaban sobre ese fondo las siluetas de los pinos altísimos, y si pasaba aullando una ráfaga de viento era posible ver cómo se mecían las copas, de un lado al otro del cielo nocturno, parecidas a un grupo de gente desconocida que nos mira desde la oscuridad, que nos mira y nos aúlla y nos dice que no.

Los muchachos

Comenzaron a encontrarse sin saber por qué, siempre al caer la tarde, siempre junto al muro de ladrillo que separaba la zona verde de la avenida. Dejaban las bicicletas tiradas en el pasto, o recostadas en el muro como caballos en un abrevadero, y luego empezaban las peleas. Nunca había voluntarios, pero las reglas eran claras aunque no se hubieran puesto en palabras, y sólo una vez, ya con el círculo armado, fue necesario que el grupo escogiera a los muchachos —que los nombres tuvieran que pronunciarse y se avergonzara a sus dueños— para que comenzaran a pelear. La pelea se acababa cuando uno de los dos se rendía o cuando se hacía tan oscuro que pegar bien era imposible, pero sólo uno de los contendientes podía tomar la decisión, por más sangre que hubiera en las caras y en las ropas, por más lágrimas, por más retumbos en los huesos al chocar con los huesos. Lo que pasaba después era cosa de cada uno: los muchachos volvían a sus casas con la nariz rota o la piel de los pómulos rasgada por los golpes, y daban las mejores explicaciones que pudieran o se las arreglaban para no darlas, para entrar sin ser vistos y meterse a la ducha y después apagar la luz sin despedirse, confiando en que sus padres lo achacarían todo a la adolescencia difícil, a la anarquía de las hormonas nuevas.

El barrio había sido alguna vez una calle igual a todas, una serie de casas dispares construidas de manera azarosa como si alguien las hubiera dejado caer desde la altura. Pero un día se decidió poner un par de porterías en sus extremos, allí donde la calle sinuosa daba a otras más grandes o más importantes y en todo caso más rectas, y la vía pública se convirtió en conjunto cerrado: un lugar lleno de meandros donde la gente podía tener la vida normal que antes —antes de estas épocas difíciles— había sido posible en la ciudad. En las porterías, los vigilantes levantaban una barrera de aluminio grueso, de líneas diagonales amarillas y negras, y entonces los carros autorizados o conocidos entraban al barrio y llegaban despacio a sus casas, entre niños que jugaban picaditos con balones desinflados y patinetas que podían dejarse por ahí con la relativa confianza de que ahí mismo seguirían a la mañana siguiente. Las zonas verdes eran recovecos que se habían formado entre las casas, y algunas, como la esquina de las peleas, quedaban fuera de la vista de los adultos, en puntos ciegos del barrio, separadas de la ciudad hostil por un alto muro de cemento coronado de alambres de púas. Nadie recordaba si el muro ya existía antes de que se hicieran las porte-

154

rías que cerraban la calle. Tal vez lo habían construido improvisadamente, con la urgencia de los perseguidos, para cerrar el barrio por el único flanco que de otra manera hubiera quedado abierto.

Del otro lado del muro, detrás del escenario de las peleas, había una panadería que vendía mojicones y una droguería donde los muchachos conseguían el periódico de los domingos, encargo de sus padres, y los paquetes de cigarrillos clandestinos. Castro era el encargado de comprarlos y de repartirlos luego. Los demás lo respetaban por su edad y por su tamaño y también por ser hijo de un juez, pero sobre todo por el hecho de que el juez hubiera sido asesinado. Se sabía que había estado investigando el crimen del ministro de Justicia, ocurrido más de dos años atrás, y que había involucrado en el caso a los narcos de Cali, y no sólo al cartel de Medellín, que comenzaba ya a estar en boca de todos. Entonces, un buen día, el juez empezó a ver gente sospechosa en los alrededores de su casa y a la salida de los juzgados; pero se negó a recibir protección oficial, alegando que no quería que los sicarios mataran a nadie más en el intento por matarlo a él. En julio (era un martes) subió a un taxi en la Avenida de las Américas y le pidió al taxista que lo llevara a la calle 48. Cuando llegó a su destino, un Mazda de color verde se detuvo detrás del taxi, y del Mazda bajó un hombre con la cara cubierta por una bufanda. Sin una pregunta, sin una amenaza, sin un insulto, el hombre de la bufanda le disparó al juez nueve tiros a quemarropa. Su esposa, que lo esperaba en una funeraria vecina para velar a un conocido, sólo se enteró cuando ya Medicina Legal estaba levantando el cuerpo.

A Castro lo vieron llorar esa noche, cuando llegó su madre a buscarlo a las bancas de madera donde los muchachos hablaban de sexo, pero nunca más. Ese viernes llegó a pelear, y todos estuvieron de acuerdo en que su furia era comprensible pero que hubiera debido parar cuando el otro le pidió clemencia, ya con un ojo cerrado por los puñetazos y los labios hinchados y los dientes nítidamente enmarcados por la sangre de las encías. Tal vez Castro se avergonzó después, porque estuvo varias semanas sin unirse al grupo, sin aparecer junto al muro de ladrillo, y los muchachos comentaron el hecho pero no hicieron nada al respecto: ni esperarlo en la puerta de su casa, ni buscarlo en la droguería, ni preguntar por él a su madre vestida de negro y repentinamente avejentada. Al final, cuando las tardes recuperaron la normalidad perdida, nadie mencionó al juez asesinado: era como si el crimen nunca hubiera sucedido, o como si le hubiera sucedido a alguien más, en otro país, lejos del barrio y del muro y de las seis de la tarde. El otro, el que peleó con Castro esa tarde, nunca volvió. Y los muchachos lo olvidaron sin esfuerzo, casi sin darse cuenta. Cuando su familia se mudó a otro barrio, nadie lo fue a despedir, ni se recuerda que él se haya despedido de nadie.

* * *

Un día en que Castro, por la razón que fuera, se había ausentado, a uno de los muchachos se le ocurrió ir a hacer algo que no hubieran podido hacer en su presencia.

«Mañana», dijo, «vamos a ver el sitio donde mataron al capitán».

Se reunieron una hora más temprano: salir a escondidas del barrio era una transgresión inquietante, pero hacerlo al caer la noche era ya correr peligros sin cuento. Encontraron un lugar del muro donde los alambres de púas se habían ido apartando con los años, poco a poco, dejando un espacio por el cual podía pasar un cuerpo hábil; apoyando la más alta de las bicicletas en el muro, una Monark de marco pesado cuya silla se podía alargar un palmo entero, los muchachos fueron escalando uno por uno, y hubo ropas rasgadas y manos adoloridas, pero al final acabaron todos por saltar al andén de la gran avenida. Pinzón, el que había tenido la idea, los condujo hacia el occidente por la acera rota, pasando frente a la panadería y frente a la droguería y frente al árbol donde una vez un hombre de ojos hinchados le había ofrecido a uno de ellos una papeleta de cocaína, y en cuestión de once cuadras, después de atravesar el caño de aguas escasas y malolientes, llegaron a la calle donde había ocurrido el crimen.

«Aquí fue», dijo Pinzón.

Ahí había sido. Ahí, en esa misma acera donde ahora los muchachos miraban hacia el tráfico ruidoso, se había parado el sicario para esperar a su víctima. Dos meses habían pasado desde entonces. El sicario tenía dieciocho años, apenas cuatro o cinco más que los muchachos, y había llegado esa misma mañana —en la parrilla de una moto— de algún pueblo de tierra caliente donde ya cargaba algún muerto. Le habían pagado cien mil pesos por asesinar al capitán Rodríguez, de la policía antinarcóticos, y todo parecía indicar que la cosa había resultado más fácil de lo esperado, porque el capitán había salido de su casa sin escoltas a pesar de encontrarse públicamente amenazado. Todo lo describió el sicario ante la policía que lo interrogó durante los días siguientes, pero a partir de un momento cambió la historia. Con la misma frialdad con que había contado la versión anterior, contó que había llegado a Bogotá en bus, que se había quedado dormido en el trayecto y que se había apeado donde se despertó, y tuvo tan mala suerte que quedó en medio del atentado. Dijo que se había asustado con los tiros y que por eso echó a correr. Dijo que fue por eso, por haber salido corriendo, que los policías lo capturaron. Dijo que los policías lo torturaron para que confesara el crimen, y mostró los moretones que le habían quedado en el cuerpo después de la tortura. Dijo no saber quién era el capitán Rodríguez ni por qué lo habían mandado matar.

«Y quién quita», dijo Pinzón, «que estuviera diciendo la verdad».

A los muchachos los decepcionó que ningún rastro quedara de la violencia: ni una mancha, ni un orificio de bala en alguna pared cercana. Y fue entonces como si Pinzón se sintiera responsable de algo, como si sintiera que le había fallado al grupo, y en cuestión de segundos lo estaba llevando más lejos todavía, más lejos del barrio. «¿Adónde vamos?», preguntó alguien, pero Pinzón caminaba con paso de líder y atravesaba calles sin demasiado cuidado y a los más pequeños les costaba mantener el ritmo. Cuando llegaron, Pinzón se detuvo orgulloso junto a un busto montado sobre un pedestal reluciente. Los muchachos reconocieron en la cara de bronce los rasgos del ministro de Justicia. Muy cerca de aquí le habían dado caza; hacia allá, en la curva cerrada, había derrapado la moto de los asesinos en el intento de escapar de los escoltas, y los muchachos recordaban las imágenes del sicario herido por la caída, llorando un llanto de niño en el momento de ser capturado. Pinzón, parado junto a la estatua de ojos vacíos y rasgos duros, miraba a los demás como si alguien tuviera que tomarle una foto.

Estuvieron de regreso en el barrio antes de que cayera la noche, con tiempo suficiente para volver a sus casas sin despertar sospechas de ningún tipo, pero entonces se dieron cuenta de que no tenían bicicleta para volver a escalar el muro por donde habían salido. Levantando en hombros a los más livianos, podían elevarlos lo suficiente como para que ganaran la parte de arriba, pero siempre quedaría alguno abajo; así que decidieron llegar juntos y en manada a la portería del norte, cuyo vigilante, un tal Carrasco, los intimidaba menos que el otro —cierta flaqueza en la voz, cierto miedo en la mirada—, y tratar de entrar como si nada. Los vigilantes eran hombres aburridos de uniforme de color mierda y linterna encendida y pistola en la cintura; las peleas dejaron muy pronto de importarles y a veces incluso las veían desde lejos, las manos detrás de la espalda y una expresión vacía debajo de la gorra, y se perdían bajo los faroles encendidos tan pronto empezaba a perfilarse un ganador. En cambio esto, dejar que salieran los muchachos sin permiso, no lo podían pasar por alto. Carrasco levantó el intercomunicador, pero antes de que tuviera tiempo de llamar a ninguna casa, Pinzón le estaba alargando un billete de dos mil pesos.

«Calladito se ve más bonito, Carrasco», le dijo. «Cuelgue pues, y no se meta en lo que no le importa.»

Pinzón sabía más que los otros porque su padre era detective. En el círculo, la palabra evocaba largos abrigos y sombreros y gafas oscuras, y Pinzón había tenido que explicarles que no, que su padre era una persona común y corriente y más bien aburrida, que se iba todos los días a un edificio muy alto, del otro lado de la ciudad, y allí tenía su oficina junto a otras oficinas de otros empleados que se vestían igual y eran igual de aburridos, a pesar de que su tarea los pusiera en contacto diariamente con los delincuentes más buscados del país. El padre de Pinzón era un hombrecito tímido al que nunca se le había conocido mujer: había llegado al barrio sin esposa, llevando de la mano a su hijo sin madre, y su soledad era tan notoria que muy pronto comenzaron a circular rumores insidiosos por el barrio: que Pinzón era el hijo accidental de una secretaria, se decía a veces, y también que a su padre en realidad le gustaban los hombres. La verdad, que se fue conociendo con el tiempo, era que la madre de Pinzón había muerto de alguna larga enfermedad, y que mudarse al barrio —comenzar una nueva vida en otra casa y con otra gente— había sido para el padre la única manera de lidiar con la tristeza. A los muchachos les costaba conciliar la figura de ese hombre de bigote despoblado y corbata tejida y suéter de rombos con los riesgos de intervenir los teléfonos de un narcotraficante o de un policía corrupto, o con el privilegio de diseñar el esquema de seguridad de un político amenazado. Nunca lo vieron salir para el trabajo, pero lo veían llegar de regreso en su Renault 6 de latas frágiles y pito pusilánime y entrar con la cabeza metida entre los hombros como si todo el tiempo le diera un viento frío. Y lo imaginaban contándole a Pinzón las cosas que había visto o sabido en el trabajo, los secretos del mundo de afuera, las noticias que saldrían al día siguiente en los periódicos. O que tal vez no saldrían nunca, eso también era posible.

A finales de octubre mataron a otro magistrado. Un magistrado, supieron los muchachos, era un juez como el padre de Castro, pero más importante; el muerto era un hombre que había dictado un auto de detención contra Pablo Escobar, acusándolo de dos crímenes viejos de los cuales ya no se acordaba nadie, y a cuya casa empezaron de inmediato a llegar coronas mortuorias de flores pálidas con su nombre escrito en letras de oro sobre una banda púrpura. El magistrado no retiró las acusaciones, y eso a muchos les pareció valiente; pero lo que nadie pudo entender fue que no lo hiciera después, cuando los narcos comenzaron a meterse también con su familia. Se decía que la mujer del magistrado se había detenido ante un retén militar en una carretera de montaña; los uniformados le pidieron que bajara del carro, luego lo pusieron en neutro y lo empujaron por el barranco.

«La próxima vez», le dijo uno de ellos, «no la dejamos bajar.»

No eran soldados del ejército, sino hombres del cartel de Medellín. Después, cuando la mujer quedó embarazada, Escobar se enteró y le hizo saber al magistrado que la mataría con todo y bebé si no se retiraran las acusaciones; el magistrado le respondió negándose a retirar nada, pero prometiéndole un juicio justo. Y ese día, el día del crimen, el magistrado y su esposa iban por una avenida de Medellín cuando una camioneta blanca se les cruzó en el camino. Tres hombres bajaron, se acercaron a la ventana por la que los miraba el juez y empezaron a disparar. El magistrado murió allí mismo, tirado sobre el pavimento. Su esposa, increíblemente, sobrevivió a dos heridas de bala sin siquiera perder la conciencia.

Durante varias semanas, Pinzón se interesó en la sobreviviente y trató de averiguar qué le había pasado al bebé, si era niño o niña, si estaba bien aunque fuera a nacer sin padre. Cuando se enteró del nacimiento, le escribió al niño (se llamaba Ángel) una nota breve: *Bienvenido a este país de mierda*. Se la entregó a su padre para que se la hiciera llegar a la viuda. Su padre la rompió en el acto, pero eso no fue tan sorprendente como la cachetada violenta que le soltó enseguida, y que consiguió lo que los puñetazos junto al muro no habían conseguido nunca: que un breve llanto, más como el rastro baboso de un caracol, le resbalara a Pinzón por la mejilla colorada.

A finales del año siguiente, poco antes de que estallaran las primeras bombas, los muchachos comenzaron a salir del barrio, a veces con la autorización de sus padres y a veces frente a su impotencia, para reunirse en las escaleras traseras del centro comercial, del lado de los parqueaderos. Eran veinte peldaños de ladrillo desde los cuales se podía entrar al segundo piso del edificio gigantesco para ir al local de los juegos de video, un espacio oscuro de luces de neón donde los ruidos electrónicos los obligaban a hablarse a gritos y donde el aire estaba viciado con el humo pestilente que exhalaban sus pulmones nuevos. Pero las escaleras les gustaban también porque desde allí se podía dominar el costado occidental del parqueadero, el que preferían los otros grupos para llegar. Y daba igual que el encuentro fuera en las escaleras o en el local de juegos o en la puerta de la pizzería: las peleas quedaban casadas, y luego era sólo cuestión de cruzar el caño y llegar a un descampado o de armar el corrillo en uno de los rincones del parqueadero, pues por allí no pasaba nunca nadie, y la pelea habría terminado ya para cuando se percataran los vigilantes. Eran diferentes de los del barrio, pues éstos no conocían a los muchachos ni les debían su exiguo sueldo a sus padres, y no lo pensaban dos veces para dispersar los grupos a golpes feroces de bolillo capaces de romper cúbitos, de dejar moretones en los muslos.

Allí, en el parqueadero, con otros muchachos venidos de otros confines de la ciudad inmensa, las reglas eran distintas. Nadie sabe quién fue el primero en llevar una cadena de bicicleta, y es casi seguro que la idea no vino del barrio; pero lo importante es que los del barrio la imitaron muy pronto, pues lo único que se prohibía era no defenderse, o mejor, el único derecho era el derecho a no ser menos. El golpe de una cadena era temible porque rompía la piel como el zarpazo de una bestia y además porque la herida se infectaba con frecuencia, acaso por el aceite o por el óxido, y entonces ocultar los hechos (o las pomadas, o los antibióticos) se hacía más difícil. Así le sucedió a Castro, que un fin de semana, recién terminadas las vacaciones de Navidad, acabó enfrentado a un tipo de cabeza rapada cuyo apodo, Choco, dejó muy pronto de parecer cómico. Castro llegó al barrio con la camisa del colegio rota por la cadena; en cuestión de horas se habían reunido los adultos en su casa, en el salón del juez Castro, y hubo preocupación y voces indignadas y conversaciones con los muchachos en las mesas de los comedores, y la madre de Castro dejó de saludarlos como los saludaba antes.

«Si me toca enterrarlo a éste también», decía con furia, «la culpa va a ser de ustedes».

La madre de Castro, la viuda del juez, era una mujer alta y delgada, de suéteres de cuello de tortuga y faldas escocesas, en cuyo pecho plano colgaban unas gafas de marco de plástico. Se llamaba Susana (se presentaba con el apellido de su esposo, Susana de Castro) y había tomado las riendas de su casa con buena mano, pero a todos sorprendió que se echara encima también el liderazgo del barrio, creando comités y sermoneando a los otros padres y montando reuniones regulares para hablar de drogas y de vandalismo y de camisas rasgadas por el golpe de una cadena. Nada cambió en el barrio, de todas formas, pues las inercias de la violencia son como corrientes subterráneas y profundas en las que nadie alcanza a meter la mano; o, mejor dicho, algo cambió, pero no fue lo que el barrio esperaba. Visto el asunto con la perspectiva de los años, es fácil entender que haya sucedido así (los tiempos duros acercan a los que han sufrido), o es difícil justificar la sorpresa general, los cuchicheos entre adultos en las casas, los velos que apenas se corrían en las ventanas cuando Susana de Castro cruzaba la calle del barrio para timbrar en la casa del padre de Pinzón, o cuando el padre de Pinzón encendía el Renault 6 a las siete de la noche y la recogía a ella veinte pasos más allá y con ella se perdía por la portería norte para regresar tres horas después y dejarla en la puerta de su casa como a una adolescente, como a una Cenicienta que acabara de desafiar los riesgos de salir por la noche en la ciudad arisca.

Y es que ya nadie salía, o sólo salían los que no tenían nada que perder. Por esos días, un mafioso había entrado con su ejército personal en una discoteca de las montañas, la había cerrado con la fuerza de las metralletas y se había llevado a dos mujeres que le gustaron desde el principio (y a uno de los maridos, que trató de resistirse, le metió tres balas en el pecho). En marzo, a un político lo asesinaron en el aeropuerto de Bogotá, y en el tiroteo quedaron heridos otros que no estaban ni siquiera en los proyectos de los asesinos; en julio los narcos quisieron matar a un coronel de la policía, pero la bomba que pusieron acabó matando a seis personas (y ninguna de ellas era el coronel de la policía); al día siguiente, un escuadrón de militares al servicio de los narcos entró por la fuerza en un edificio del norte de la ciudad y asesinó a cuatro agentes de inteligencia que trabajaban, al parecer, en una operación antinarcóticos. Esto ocurrió a unas cuarenta calles de la casa de los Castro, donde el padre de Pinzón se comía un arroz con pollo frente a doña Susana y su hijo, sonriendo y hablando de su trabajo entre carcajadas, soltando anécdotas dispersas para impresionar a la mujer y también al muchacho: testigos protegidos, operaciones clandestinas, informantes de la DEA que eran descubiertos y asesinados.

Los muchachos se preguntaban qué estaba sucediendo allí (era un *allí* vago, un *allí* sin precisiones y convenientemente ambiguo), pero nadie se atrevió a mencionar el asunto en presencia de Castro o de Pinzón, nadie estaba dispuesto a encender una mecha de consecuencias imprevisibles. Entonces, en agosto, doña Susana y el padre de Pinzón fueron vistos saliendo juntos por la noche, las siluetas dibujadas a la vista de todos en el vidrio trasero del Renault 6. Tenía que ser una noche como otras noches anteriores, una rutina en la que el Renault 6 vuelve más tarde con la misma pareja en su interior y primero se detiene frente a una casa para que baje una mujer, y hay despedidas por la ventanilla abierta, o tal vez el hombre baja para acompañarla hasta la puerta y finge no darse cuenta de que el hijo los observa desde el segundo piso. Sí, así habría debido ocurrir.

Pero no ocurrió así. Esa noche fue distinta, porque en el otro extremo de la ciudad, antes de comenzar a hablar desde una tarima de madera frente a un público de seguidores, un candidato a la presidencia caía abaleado por sicarios de los narcos. Fue un crimen especial, no sólo por el cariño que el hombre asesinado despertaba entre la gente, sino porque la tragedia quedó grabada para siempre por las cámaras que iban a cubrir el evento, de manera que todos en la ciudad vieron el cuerpo trajeado que cae con un retumbo seco sobre la madera (y lo seguirían viendo) y todos oyeron las ráfagas de metralletas y los gritos y los llantos y la desesperación (y los seguirían oyendo). Y fue distinto para el barrio, y para los muchachos del barrio, porque el toque de queda que se decretó inmediatamente sorprendió a doña Susana y al padre de Pinzón lejos de sus casas. Las calles quedaron desiertas en minutos; las ocupó la policía, las ocupó el ejército, y sobre la ciudad cayó uno de esos silencios que suenan como algo a punto de romperse. Fue una noche larga, una noche de ventanas iluminadas y de insomnio en las habitaciones y de muchachos que, en la soledad accidental o imprevista de sus casas, se masturban con la puerta abierta.

Doña Susana y el padre de Pinzón no volvieron al barrio esa noche. Nunca se supo dónde estaban cuando se anunció la queda: ¿un restaurante, una casa privada? Pero a la mañana siguiente, cuando aparecieron por fin, era como si fueran dos personas distintas. El padre de Pinzón venía sonriendo; y esa sonrisa —y la manera en que doña Susana se arreglaba el pelo para que el viento de agosto no lo desordenara— estuvo durante días en boca de todos.

En las ventanas del barrio comenzaron a aparecer cruces de cinta blanca: alguien había dicho que era la única manera de que una bomba cercana no convirtiera los vidrios en esquirlas asesinas. Para los muchachos, el barrio comenzó a verse como un gigantesco mapa donde había un tesoro en cada casa, pues en cada ventana brillaba una equis blanca, y una noche alguien decidió probar la estrategia. Era tarde y nadie vio a los que pasaron, ráfagas de bicicleta, tirando piedras del tamaño de un puño; los vidrios estallaron tan sólo en dos casas, porque la puntería de los muchachos no era buena o porque el brazo no les daba para más, pero todo el mundo pudo ver que las ventanas caían rotas en cuatro grandes pedazos. Se trató de encontrar a los culpables, pero sin éxito.

Así estaba el barrio, cruzado por cintas de enmascarar, la mañana de diciembre en que el padre de Pinzón invitó a doña Susana a ver los adornos de Navidad de su oficina. Al parecer había trabajado en ellos durante días, poniendo árboles decorados en cada uno de los pisos, pintando vitrales con ángeles y estrellas con cola, enredando guirnaldas en donde fuera posible y hasta comprando musgo de verdad para un pesebre de tamaño natural que estaban construyendo en el piso del director. La idea no había sido suya, sino de un técnico del área de Informática. Su novia, de Criminalística, estuvo de acuerdo en que los investigadores necesitaban relajarse, divertirse, hablar de otras cosas, porque la persecución de los carteles de la droga, que ocupaba sus días y sus noches, no les había dejado ni un momento libre para sentirse navideños. Así que la pareja (porque eso eran para entonces, una pareja) se alejó del barrio en el Renault 6 al mismo tiempo que los muchachos salían a la avenida para esperar sus buses.

De lo que pasó allá, en la calle 19, se sabría muy poco. Lo más probable era que doña Susana y el padre de Pinzón no hubieran entrado todavía a las 7:32 de la mañana, cuando estallaron los qui-

170

nientos kilos de dinamita que los sicarios de los narcos habían metido en un bus (sólo en un bus cabía tanto explosivo) de la empresa de Acueductos y Alcantarillados. Se decía que eso era lo más probable porque hubo más muertos fuera que dentro del edificio, más gente aplastada por la fachada que se vino abajo sobre la acera —rocas de concreto lloviendo desde todas partes— que por los techos de las oficinas. Entre los setenta muertos no estaba el director de Inteligencia, objetivo principal de aquella acción de guerra, pero sí un reciclador de periódicos y una mujer que vendía tintos en un carrito de aluminio. Después, una leyenda comenzó a correr en el barrio: que doña Susana había caído al suelo con un vidrio incrustado en la pierna, y que alguien había visto al padre de Pinzón agachado junto a ella, después de sacarle el vidrio, quitándose la corbata para hacerle un torniquete. Pero tal vez era sólo una leyenda, algo que se le dice a un muchacho para paliar su dolor o para que el dolor no se confunda con otros dolores (para que tenga algo único y digno, algo que se pueda contar, algo que rescate esta muerte del anonimato terrible de las muertes), pues ninguno de los dos sobrevivió al atentado, y sus cuerpos de ropas rotas estuvieron entre las decenas que los bomberos rescataron del fondo de los escombros.

* * *

La última pelea se armó dentro del caño, en una parte que se había quedado seca o por la cual corría apenas un hilillo de agua. No la habían planeado así, pero los muchachos se encontraron en los parqueaderos del centro comercial y el asunto quedó sellado sin demasiadas negociaciones: salieron por la portería del oriente, tal vez con la intención de atravesar el caño por el puente estrecho y buscar los potreros que se abrían cuatro o cinco calles más allá, y antes de que nadie se diera cuenta estaban bajando a las carreras por las paredes de concreto, llevados por el impulso de la pendiente y por el deseo de hacer daño. Era difícil formar un corrillo como otras veces, porque las dos laderas eran desiguales y resbalosas, pero de alguna manera consiguieron acercarse al túnel (uno de esos túneles donde cabe de pie una persona) y construir el espacio donde Choco y Pinzón, que se tenían ganas desde hacía tiempo, pudieran por fin romperse la cara. Lo hicieron a puño limpio, sin cadenas ni navajas, y tal vez por eso Choco, que le llevaba a Pinzón una cabeza de estatura y varios kilos de peso, comenzó muy pronto a ganar cierta ventaja. Los muchachos hablarían después de las huellas de sangre en las paredes del caño, algunas con la forma de una mano que se apoya para no caer, y hablarían también de los gritos que hacían eco dentro del túnel, los gritos de animación y también de odio. Pero fue difícil conseguir que hablaran de lo que pasó al final, cuando ya Choco tenía a Pinzón en el suelo y Pinzón se defendía con la cabeza en el agua sucia, retorciéndose como un cucarrón boca arriba. Castro se acercó lentamente, tanto que no lo vieron hacerlo. Los muchachos recordarían haberlo visto sentado en la pared del caño, las rodillas contra el pecho, y luego, sin transición alguna, entrando al centro del corrillo (y violando las reglas al hacerlo) como si quisiera examinar más de cerca la pelea. Hasta Choco se desconcertó cuando lo vio venir, y no supo muy bien qué hacer cuando la primera patada de Castro se hundió en las costillas del muchacho caído y le hizo soltar un solo grito entrecortado. Castro rodeó lentamente el cuerpo caído y volvió a patear, esta vez con toda la fuerza de la puntera, como para asegurarse de destrozarle los riñones, y luego, al mismo tiempo que se oían los primeros llamados, las primeras voces inquietas o atemorizadas, le pateó la cabeza, una vez, dos veces, y un parche de sangre apareció en la oreja y bajó al cuello. Aunque tal vez no fuera sangre, dirían los muchachos, porque después, cuando Pinzón dejó de defenderse, su cuerpo quedó acostado sobre la tierra, el cuello bañado por el agua sucia, y era posible, era muy posible, que fuera barro lo que lo manchaba.

El último corrido

Acepté el encargo porque la paga era buena, pero sobre todo porque se me había metido en la cabeza la noción, más bien absurda, de que una semana de viaje en bus me demostraría finalmente si España era un país en el cual podía vivir, o si una vez más me había equivocado de destino, si por cuarta vez me tocaría armar las maletas y buscar otro lugar donde instalarme. La idea era acompañar a una banda de corridos mexicanos en su gira por la península, escribir una crónica sobre ellos y publicarla en México, como parte de un homenaje a la banda. Así que el 17 de julio de 2001 me reuní con uno de sus representantes, un hombre de papada descomunal y camisa demasiado pequeña, recibí una tarjeta plastificada que me podía colgar del cuello (ahí estaba mi nombre, con un error de ortografía, y también mi cargo: acompañante), y esa misma noche, poco antes de las nueve, llegué a la sala Razzmatazz de Barcelona. En el cartel de la entrada, junto a la jaula donde una muchachita señalaba con las manos que ya se habían agotado las entradas, se leía *Los hermanos Márquez* y se subrayaba: *Único concierto*.

Fuera, el día todavía estaba vivo. Aquél era uno de los peores veranos —me habían explicado— de los últimos años; adentro, en cambio, el mundo era negro y la temperatura caía brutalmente. Y en esa sala sin ventanas y cuyas paredes absorbían la luz, donde el aire acondicionado hacía sus mejores esfuerzos para neutralizar o confundir el olor denso del sudor humano, el concierto ya había comenzado. Me recosté en la barra, a una distancia prudente del público y sus saltos y sus banderas mexicanas del tamaño de una sábana, y esperé. Cuando acabó el último corrido, una mujer subió al escenario, se quitó el brasier y se lo regaló al cantante. El cantante, un jovencito de bigote ralo pero de voz dura, lo recibió, lo colgó cuidadosamente de un micrófono (bajo las luces negras el blanco del encaje se convertía en un violeta intenso) y se perdió tras la puerta de los camerinos. Yo lo seguí. Me abrí paso entre un grupo de motoristas, vi en sus espaldas la leyenda *Hell's Angels* y sentí su aliento de cervezas eructadas, me pregunté qué podía estar haciendo un grupo como aquél en un concierto como éste, y al avanzar por un corredor estrecho, mal iluminado con un solitario tubo de neón, fui recibido o más bien interceptado por el mismo hombre que me había dado la tarjeta. «Déjalos que se cambien», me dijo. «No los vayas a pillar en paños menores.» Al fondo, tras una puerta entreabierta, estaban los músicos. Noté que no se miraban, no se hablaban. Se movían como si cada uno de ellos estuviera solo frente al espejo, cambiándose de camisa, pasándose una peinilla por el pelo. Y lo que ocurrió, ocurrió después, cuando ya todo el público se había ido.

La sala había quedado cubierta de vasos de plástico y latas pisoteadas. Sobre la barra, cerca de la esquina donde yo me había recostado al llegar, había un mantel de papel barato y una disposición de jarras de agua y de gaseosa, sándwiches y tortillas envueltas en papel aluminio. Mientras comíamos, el representante (Alonso, se llamaba) me contó que la banda se había formado en 1968, y que eran todos hermanos, menos Ricardo. Pregunté quién era Ricardo. «Ricardo es nuestro vocalista», dijo Alonso. «El primer disco de los hermanos Márquez tiene su edad. Ahí donde lo ves, es hijo del que está al lado». El que estaba al lado era uno de los músicos, el único de todo el grupo que no llevaba bigote; me dijeron su nombre, pero no lo retuve en ese momento. Los vi, los comparé, y es verdad que parecían de la misma edad, no un padre y un hijo. Y entonces hice una pregunta inocente, una pregunta sin más intenciones que las meramente informativas, una pregunta que —me parecía— se desprendía de manera directa de lo que habíamos venido hablando: «¿Y quién cantaba antes?». Y en ese momento precisamente llegó uno de los motoristas, me entregó a la fuerza una cámara desechable y fue a ponerse al lado de los músicos. Le tomé la foto y lo vi sacar una página arrugada para pedir autógrafos; lo escuché explicar, mientras se acomodaba sobre la muñeca un brazalete con taches de metal, que había conocido a la banda en San Francisco y que tenía todos sus discos, desde que estaba Ernesto.

«¿Quién es Ernesto?», pregunté.

«El hermano mayor», dijo Alonso. «El que se inventó el grupo.»

«¿Y no está aquí?»

«Su padre quedó paralítico en los sesenta. Ernesto montó la banda por pura supervivencia. ¿Preguntabas quién cantaba antes? Era él. Era Ernesto. Este grupo era su vida.»

«El más grande de todos los tiempos», dijo el motorista.

«Sí», dijo Alonso. «El más grande.» Le pidió al motorista que se retirara, poniéndole una mano en la enseña de la chaqueta y empujándolo con diplomacia, y luego me dijo: «Pero ahora ya estamos cansados, ahora ya nos vamos a dormir».

Salimos a la noche barcelonesa, al viento cálido de las once de la noche, y Alonso me dijo dónde debía presentarme a las diez de la mañana siguiente para salir hacia Valencia. Llegué a casa caminando y sintiéndome extrañamente excitado, me serví una ginebra con tónica, abrí todas las ventanas, las que dan al patio interior y las que dan a la plaza y sus palmeras, y comencé a leer el dossier de prensa. Y así supe que cinco años atrás los hermanos Márquez habían hecho otra gira por España, una gira idéntica —en itinerarios, en programas, casi en fechas— a la que acababa de comenzar conmigo a bordo. También cinco años atrás la gira había comenzado en Barcelona; también cinco años atrás había seguido hacia Valencia; también cinco años atrás había cubierto otras tres ciudades, y había terminado en Cartagena, en medio de un festival internacional de música que entonces se había transmitido en vivo y en directo para toda América Latina, como sin duda pasaría esta vez. La única diferencia entre esa gira pasada y la gira de ahora era la presencia de un hombre. Busqué en el dossier una foto de Ernesto Márquez, el fundador de la banda, el hombre que, tras la parálisis del padre, había reclutado a sus hermanos (guitarristas aficionados, acordeonistas de fin de semana) para salvar a la familia del hambre. Pero no encontré nada. El hombre que ya no estaba, pensé. Ernesto Márquez, el ausente.

Aquella tarde de 1996, antes del concierto en Valencia, Ricardo Márquez estaba hablando con los ingenieros de sonido, revisando junto a ellos las consolas y los parlantes, cuando vio a Ernesto caminando entre los árboles del parque, solo. La idea de un concierto al aire libre había sido suya, y por eso era normal que Ernesto quisiera dar una vuelta por los alrededores del escenario, quizás tratando de anticipar por dónde entrarían esta vez los colados, que nunca faltan. Pero no iba atento, sino con la cabeza agachada; de vez en cuando se llevaba una mano a la garganta, y una vez Ricardo lo vio levantar la cara, mirar hacia las copas de los árboles como si le hubiera caído una hoja en la cabeza entrecana, y supo que estaba haciendo un esfuerzo inmenso por pasar saliva. Reconoció ese movimiento, porque ya lo había visto otras veces (después del concierto de Barcelona, por ejemplo). Bajó de la tarima lateral donde estaban los equipos de sonido; pensó que iba a ser necesario iluminar mejor esas escaleras, para evitar que alguien fuera a enredarse con un cable y mandara a la mierda todo el espectáculo. Ya era de noche y en todo el parque había estallado casi simultáneamente el escándalo de los grillos. Ricardo se miró el reloj: faltaban pocas horas para el concierto, y Ernesto había comenzado a pasar saliva.

Era grave, pues esta gira no era como cualquier otra gira: la estaban grabando para convertirla en disco, y de ese disco dependía mucho. No podía salir mal. Había muchas cosas de la banda que Ricardo no entendía, muchos asuntos de regalías y de porcentaje de las entradas y de equipos alquilados, pero había entendido muy bien esto: que el disco de la gira por España tenía que salir bien.

Ricardo llegó a los dos carromatos donde la organización había instalado los camerinos y donde a esa hora todos los hermanos Márquez, menos

Ernesto, estaban haciendo sus ejercicios de calentamiento, todos moviéndose en su propia habitación como fieras enjauladas, de un lado para el otro, y todos con las orejas cubiertas por un par de audífonos amarillos. Movían la cabeza, sacaban la lengua, gritaban esos ejercicios que Ricardo conocía de memoria, entre otras razones porque era capaz de hacerlos mejor que ellos. Buscó por las ventanas a su padre y dio dos golpes con los nudillos sobre la pared metálica del carromato, y su padre se quitó los audífonos, irritado por la interrupción. «Estoy buscando al tío Ernesto», dijo.

«Está en su camerino», le dijo su padre.

«No está.»

«Debe estar en su camerino. Ya casi es hora.»

«No está», dijo Ricardo. «Me acabo de fijar.»

Su padre dejó el walkman sobre una mesa de plástico y salió, y Ricardo vio que ya se había puesto el traje de concierto, chaqueta y pantalones de cuero azul con lentejuelas que soltaban escupitajos de luz cuando pasaba debajo de algún reflector. Caminaron hasta la esquina de los carromatos, desde donde podían ver el parque sin ser vistos por el público, que ya había llenado la explanada, y Ricardo vio que su padre había comenzado a preocuparse (las manos acariciando nerviosas los flancos bordados, las charreteras) cuando apareció su tío Ernesto.

«¿Y tú qué haces?», dijo el padre de Ricardo. «¿No calientas?»

Ernesto le contestó con un octosílabo perfecto, como los que escribía en los corridos: «El que es gallo canta siempre».

Ricardo dio un par de pasos atrás y los vio cruzar tres frases que conocía de memoria, su padre preguntándole si se sentía bien y su tío diciendo que sí, que por qué no se iba a sentir bien, y de alguna manera protestando por la vigilancia a que era sometido desde el último concierto. Y entonces su padre diría algo así como *no es desde el último concierto* y luego *lo tuyo viene desde antes* y luego *ya llevas demasiado tiempo así* y luego *un día la garganta no te va a dar*. Todo eso se debieron de decir, porque allí mismo, de pie frente a su hermano, Ernesto se puso los audífonos y con un movimiento del dedo sobre el walk-man obliteró el mundo entero, los reclamos, las preocupaciones, las amenazas. El padre de Ricardo se quedó hablando solo, viendo ese esfuerzo que a Ernesto (a sus cuerdas vocales, a su laringe) le causaba molestias evidentes, pero molestias que no se reflejaban en la calidad de la voz, y que por eso no podían servirle a nadie para probar nada. Ernesto Márquez se metió a su camerino (ya no se oyeron los ejercicios) y sólo volvió a salir cuando fue hora de subir al escenario.

Ricardo vio el concierto desde los laterales. Le gustaba hacerlo, y en los conciertos al aire libre le gustaba bajar en medio de una canción y pasar por detrás del escenario, donde el mundo, quizás por el contraste violento con las luces y la música, parecía inusualmente oscuro y secreto, casi pacífico. Iba de un lateral al otro, y durante ese trayecto pensaba que su destino estaba sobre el escenario, frente al micrófono, en ese espacio que la voz de Ernesto Márquez llenaba en estos momentos. En su adolescencia, Ricardo había admirado esa garganta que había mantenido a la familia y a la cual todos debían gratitud, pero que daba la impresión de batirse en retirada. Todo estaba cambiando, todo cambiaba demasiado rápido, y la situación que vivía la familia se transformaba cada hora. El diagnóstico les había llegado seis meses atrás. (A Ricardo el plural no le incomodaba: porque les había llegado a todos, no solo al enfermo.) En realidad, la enfermedad de Ernesto había comenzado antes, pero los médicos de Los Ángeles estaban de acuerdo en que el cáncer de colon no estaba relacionado con el de laringe. En cualquier caso, el pronóstico no era fatal, y había en todo aquel accidente una cara positiva: el cáncer no afectaba la voz de Ernesto ni, a juzgar por la vida que había llevado desde el diagnóstico, su rendimiento diario. Seguía escribiendo canciones y cantándolas en público, y seguía haciendo viajes de cinco y siete y nueve horas para acudir a las invitaciones bien pagadas de mafiosos en Colombia o en México o de festivales en Buenos Aires o en Santiago.

Pero eso parecía estar cambiando. ¿Estaba cambiando? Parecía estar cambiando. Desde un lateral Ricardo vio cómo Ernesto Márquez subía al tercer nivel del escenario y de allí bajaba envuelto en brumas artificiales y cantando *Los poderosos,* a pesar de que alguien había comentado antes que respirar aquellas brumas no le hacía bien a la garganta. Ricardo pensó que se lo diría cuando acabara el concierto, porque de la salud de esa voz dependía mucho más que el prestigio del vocalista, y él, como cualquier otro Márquez, tenía derecho a proteger lo suyo.

Así que después, mientras los técnicos recogían los equipos y las maquilladoras empacaban sus maquillajes, cuando los hermanos Márquez se habían sentado a descansar (a aprovechar la frescura de la noche fuera del cuero de esos trajes que los hacían sudar como burros), Ricardo hizo un comentario que parecía casual sobre lo que había visto antes. No lo dijo en tantas palabras, pero la imagen que flotó en la noche fue la de un hombre de pelo gris que se lleva la mano a la garganta y que camina un poco encorvado, quizás por efecto del peso del acordeón; un hombre que levanta la cara para pasar saliva sin sentir dolor; un hombre al que todos respetan, faltaría más, pero que cada día pone en riesgo la reputación de la banda y en cada concierto se acerca más al momento en que su voz, por el mero desgaste de los años, por los ataques de nódulos o pólipos o tercos resfriados, se caiga en medio de un concierto como se cae la luz eléctrica en una tormenta.

Ernesto Márquez no respondió, sino que se puso de pie y rodeó la gran mesa de plástico lentamente. Llegó hasta donde estaba su sobrino y le soltó una bofetada violenta, y le habría soltado otra si sus hermanos no le hubieran agarrado los brazos. Y en el silencio subsiguiente, entre las miradas del equipo entero, Ernesto Márquez levantó la voz.

«A mí todavía me quedan canciones adentro», dijo, y luego se dirigió a Ricardo. «Y a ti, que lo vayas sabiendo, te va a costar mucho más quitarme el puesto.»

Todos se subieron al bus.

Durante las cinco horas lentas del trayecto entre Valencia y Madrid no dejé de pensar ni por un instante que el bus en que viajaba estaba repitiendo o calcando, con ciertas diferencias mínimas de fecha, el recorrido que aquel otro bus había cubierto cinco años atrás. (Con dos particularidades: un pasajero de entonces estaba ausente ahora; un pasajero que entonces no existía estaba ahora presente.) Era nuestro tercer día juntos, y mis inquisiciones espontáneas y casi involuntarias de la primera noche en el Razzmatazz no me habían dejado bien parado. Los hermanos Márquez no sentían el más mínimo afán de facilitarme la construcción de la crónica, ni mediante sus respuestas a mis preguntas —que eran parcas, desmemoriadas, siempre más dadas a cerrar caminos que a abrirlos— ni mediante el hecho más simple de su compañía, que me hurtaban por cierto temor, sin duda, a que les acabara preguntando sobre Ernesto Márquez. Cuando conseguía que alguno me hablara era para decir inanidades; y así supe que Alonso tenía una perra, Chiquita, que la había recogido de la calle, y que no pensaba cruzarla, porque su cuerpo era demasiado pequeño y estaba diseñado para no tener más que dos cachorros. Alonso no quería que la preñara una raza más grande y que tuviera complicaciones en el parto. «Uno a los animalitos tiene que cuidarlos», me dijo. «¿O acaso no has oído *Los perros y los niños*?» Le dije que no, que no había oído *Los perros y los niños;* Alonso, en el fondo, no se sorprendió demasiado, e incluso toleró con cierto paternalismo que le preguntara si me estaba hablando de un corrido.

Esa tarde, en el escenario madrileño, los hermanos Márquez ensayaron vestidos con traje y corbata a pesar de que la temperatura nunca bajó de los treinta grados. Llevaban cuellos almidonados y sacos cruzados y mancornas de oro y pantalones de bota doble que Hugo, el baterista, se sujetaba con cinta adhesiva para que el dobladillo no se enredara con los pedales (la misma cinta con que los músicos fijaban al suelo del escenario el programa de la noche). Y esa vez confirmé la primera impresión que había tenido antes: viéndolos preparar el concierto de la noche sobre el escenario negro, era imposible no sentir que había entre ellos una rara melancolía. Cuando Ricardo y su padre repasaban juntos las letras de los corridos en un computador portátil, Ricardo le ponía una mano en el hombro a su padre para no perder el equilibrio en cuclillas, o para incorporarse después de haber confirmado, apoyando un dedo sobre la pantalla blanda, un cambio de ritmo o un verso modificado; y esos gestos, que en cualquier otra situación me habrían parecido íntimos o afectuosos, allí estaban contaminados, y era imposible no darse cuenta.

También era imposible no darse cuenta de que mi crónica estaba fracasando con cada minuto que pasaba junto a los integrantes de la banda. De repente me vi caminando sin rumbo fijo por el lugar del concierto, como un invitado que no es bienvenido en una fiesta. Era una especie de patio exterior empedrado y amurallado, más adecuado para fusilamientos decimonónicos que para los octosílabos *kitsch* de los hermanos Márquez (sus himnos al inmigrante, sus historias de amor desgraciado en Tijuana). Pues bien, los camerinos de los músicos estaban en un remolque casi recostado como un animal triste contra la muralla; del lado opuesto del patio, a unos veinte metros, unos mexicanos habían instalado un carro de comidas traído, según me explicaron, directamente desde Guadalajara. Era una especie de diligencia a escala desde la cual vendían gaseosas, papas fritas, tortillas, cerveza Corona. Sobre el carro había una leyenda, que me agaché para ver mejor:

No está el que fía.
Fue a partirle la madre
a uno que le debía.

En ésas estaba cuando llegó a mi lado Ricardo Márquez. Se había cambiado de ropa. Llevaba un traje de cuero azul, y un par de audífonos le rodeaban el cuello como un collar. Me puse de pie, lo saludé, lo vi pedir una botella de agua, él, que tenía tres litros enteros en su camerino a cualquier hora del día. Supuse que lo que le interesaba en ese momento no era la botella de agua. «¿También fue así hace cinco años?», le pregunté. «¿También estaba este carrito?»

Ricardo sonrió. «No, este carrito no estaba.»

«¿Y el resto?»

«El resto igualito», dijo Ricardo. «Tú eres colombiano, ¿verdad?»

«Verdad.»

«Una vez estuvimos en Cali. Pero yo no cantaba todavía.»

«Cantaba Ernesto.»

«Sí. Cantaba Ernesto.»

No tuvimos tiempo de hablar más, porque en ese mismo instante el padre de Ricardo pegó un grito desde la puerta del remolque. «¡Ricardo!», dijo, y pensamos que había ocurrido algo. Y luego: «¿Tienes un marcador?». Ricardo asintió, habló de su chaqueta y de un bolsillo de su chaqueta, y al poco rato su padre se estaba acercando a nosotros. «¿Cómo se llama tu padre?», le pregunté en voz baja. «Aurelio», me dijo él. Y Aurelio llegó caminando como si tuviera prisa y llevando en los brazos un acordeón.

«Es de un fan», dijo. «Quiere las firmas de todos.»

Acercó una silla, se puso la caja como un bebé sobre las piernas, garabateó una dedicatoria en el blanco de las teclas y dijo para nadie: «A ver si tiene música». Enseguida, mientras abría y cerraba el fuelle, me explicó (explicó para nadie, pero era evidente que la explicación iba dirigida a mí) que él sabía algo de vallenatos, pero que su acordeón vallenatero se había quedado en casa, porque era demasiado pesado para andar cargándolo en viajes largos. «Todita canta natural», dijo entonces del acordeón firmado, y le pasó el marcador a Ricardo.

«¿Dónde firmo?», preguntó Ricardo.

«Espera, vamos allá, para que firmen todos.»

«Pues firmo yo y te lo llevas», dijo Ricardo.

Aurelio le dijo que no, que se fueran para el camerino, que ya tocaba calentar, que allá estaban todos, que si es que ya no le gustaba a Ricardo estar con la familia, y entonces soltó una carcajada que resonó en el patio de piedra.

«Bueno, al ratito nos vemos», me dijo Ricardo.

«Está bien», le respondí. «A ver si hablamos un poco. Con todos he hablado, menos contigo.»

«Es cierto», dijo él. «Pero no te lo tomes a mal, güey.»

Se alejó con una sonrisa amable; yo me quedé pensando que era cierto, que no había hablado con él, que había hablado con todos menos con él. Y luego pensé: un cantante nunca toma agua fría antes de un concierto. Y luego pensé: no es necesario que vaya al camerino para firmar un acordeón, sobre todo si el acordeón ya está aquí.

No te lo tomes a mal, güey.

Ricardo entró en uno de los palcos vacíos del segundo piso, se sentó en el terciopelo de la silla y miró hacia el techo: HONOR A LAS BELLAS ARTES era la leyenda que flotaba entre nubes y ángeles con trompetas, muy cerca de una lámpara de araña que amenazaba con soltarse y caer sobre la platea. Esa tarde, mientras todos sus tíos hacían los recorridos turísticos de Málaga, Ricardo había preferido quedarse en el hotel, y luego, nervioso como si la bofetada de Ernesto Márquez todavía le doliera y le impidiera quedarse acostado, bajó al lobby, hizo preguntas y recibió un mapa, y llegó caminando, en medio del calor asesino de la tarde, a esa casa de la ópera donde tendría lugar el concierto de esa noche. Llegó sudando (su apellido marcado sobre una tarjeta plástica fue suficiente para que el portero del teatro le abriera la puerta trasera), y el sudor hacía que los pantalones se le pegaran a la piel, pero lo peor era la sensación de que la piel se pegaba al terciopelo. Ricardo la soportó: no se puso de pie, no volvió a bajar, aunque ahora ya se comenzaban a oír ruidos detrás del escenario, los crujidos metálicos de una puerta de tres metros de alto, los motores del camión que entraba en reversa para descargar las luces y los equipos de sonido, las indicaciones de los ingenieros, eso va aquí, eso ponlo allá. Hoy no estaba dispuesto a echarles una mano. Hoy él se quedaría al margen.

Se quedó al margen mientras los técnicos montaban los aparatos. Se quedó al margen mientras veía cómo la banda llegaba con cuentagotas, paseaban por el entablado y afinaban sus instrumentos. Se quedó al margen durante el ensayo, que escuchó casi escondido en el palco, sin tener nunca la certeza de que los hermanos Márquez se hubieran percatado de su presencia, porque nunca miraron hacia arriba y porque las luces les daban en la cara. Ricardo no le quitó la mirada de encima a Ernesto Márquez, vestido con pantalones de paño delgado y camisa de manga corta y mocasines desgastados de turista sin dinero. Se dio cuenta de que había comenzado a despreciarlo, y cuanto más lo miraba más lo despreciaba, y un par de veces cerró los ojos sólo para buscar en la voz cantante los rastros del desgaste y del dolor. Se dio cuenta de que le gustaba recordar el carraspeo que había escuchado (que todos habían escuchado) la noche anterior, y además le gustaba imaginar el dolor. Después de los últimos versos del último corrido en Madrid, después de cantar *Los amigos de tu tierra / te hacen mal y te hacen daño / Y te sientes extranjera / y te duele el desengaño,* Ricardo había notado lo que notaron todos los demás: el reflejo de la mano que se dirigía a la garganta, que se arrepentía a medio camino y que iba a guardarse otra vez bajo la correa del acordeón. Después, en el remolque, su padre se había acercado a Ernesto y le había puesto una mano cariñosa en el cuello. Y Ricardo había pensado sin prueba ninguna: le duele. Y se había sentido contento de que le doliera.

Y durante todo el concierto en el teatro de Málaga, durante ese triste espectáculo de momias que iban a oír corridos sentadas en sillas de terciopelo y paralizadas de la cintura para abajo, Ricardo oyó las canciones en la voz de su tío Ernesto y se entretuvo imaginando la naturaleza del daño y preguntándose si realmente había dolor, cuánto dolor había. Ernesto, como los mejores de su oficio, conocía cada truco disponible para administrar la voz, para hacerles el quite a las notas más difíciles de una manera que no resultara grosera ni evidente, pero eso no era lo importante: lo importante, como le había dicho Ricardo a su padre en el bus entre Madrid y Málaga, era que poco a poco Ernesto había renunciado a ciertos rasgos que años antes (meses antes) habían sido característicos. Poco a poco dejaba de ser el vocalista de Los hermanos Márquez; iba perdiendo sus señas de identidad, y la identidad del grupo se comenzaba a ir con él. «No seas insolente», le había dicho su padre. «Él se inventó el grupo, la identidad es él.» «¿De veras crees eso?», dijo Ricardo, y su padre no respondió, lo cual, para Ricardo, fue sin duda la mejor respuesta. Eso estaba recordando Ricardo, esas palabras estaba reviviendo en su cabeza distraída, cuando sintió a su alrededor una especie de curioso vacío que no había sentido antes, algo como un desplazamiento del aire, y le tomó un par de segundos darse cuenta de que Ernesto Márquez había equivocado una nota, o, más bien, su garganta se había negado a dársela.

Ernesto Márquez se apartó del micrófono. Ricardo pensó: Va a toser. Va a toser y el mundo se va a acabar.

Pero Ernesto respiró hasta el fondo, hizo una mueca de fuerza, sus ojos se aguaron. La banda salió en su defensa, cantando a coro el resto del corrido y despidiéndose al final (haciendo lo que nunca habían hecho: terminar un concierto una canción antes de lo programado). Las momias, por supuesto, no se percataron de nada, o era de esperar que no se hubieran percatado de nada, porque apenas unos minutos más tarde se agolparon sobre las escaleras de la entrada principal del teatro, y al salir los hermanos Márquez se encontraron con un tropel de manos que alargaban discos y esperaban firmas, y donde no había discos había fotos viejas o grabadoras que esperaban una o dos declaraciones para una emisora de provincia. Después la banda entera y sus acompañantes fueron invitados al restaurante Juan y Mariano: una callecita estrecha y en bajada, una puerta cristalera, un lugar de poca luz y de mucho ruido. Pero Ernesto se excusó: estaba cansado, dijo para que todo el mundo pudiera oírlo, prefería irse temprano al hotel y prepararse una miel con limón y estar más fresco para el resto del viaje. Y los Márquez lo vieron caminar solo hasta la esquina siguiente, un anciano repentino perdido en medio de la fiesta ambulante de los jóvenes, una cabeza entrecana que destacaba bajo las luces amarillas de los faroles malagueños.

«Esto no puede volver a pasar», dijo Hugo.

«Ya queda poco», dijo el padre de Ricardo.

«Es que este disco», dijo Hugo.

«Sí. Pero ya queda poco. Hay que terminar la gira.»

«¿Y si no la termina?»

«La va a terminar», dijo el padre de Ricardo. «Eso fue lo que acordamos.»

«¿Y si no puede? ¿Y si no la termina?»

Ricardo, en silencio, los seguía de cerca.

* * *

En Cartagena, adonde llegamos al mediodía, el termómetro marcaba cuarenta y dos grados. El festival internacional de música se llevaría a cabo en el punto más alto de la ciudad, una especie de anfiteatro construido en la cima de la montaña que mira al Mediterráneo; allí, con los vientos circulando sobre las gradas de piedra, la temperatura era dos o tres grados centígrados más baja que al nivel del mar, y puedo decir que sentí el cambio mientras subía —a pie, porque había decidido almorzar por mi cuenta y llegar por mi cuenta en lugar de aprovechar el bus de la banda— como si a medida que escalaba por el asfalto rugoso me fuera quitando una capa tras otra de piel. Recuerdo la tentación de no asistir a este último concierto, la resignación por haber perdido una semana viajando con personas para las cuales yo, visiblemente, era una molestia y un engorro en el mejor de los casos, y un indiscreto (casi un paparazzo, un paparazzo literario) en el peor. Pero era el último concierto de la gira, igual que lo había sido cinco años atrás: algo me pedía estar, dar testimonio, como si mi semana con los hermanos Márquez fuera una casa y sólo yo tuviera las llaves para dejarla bien cerrada después de que todo el mundo se hubiera ido. Al anfiteatro se entraba por una puerta de latón que encontré entreabierta. Seguí adelante y durante un rato me quedé frente al escenario vacío. Los hermanos Márquez no estaban. Esperé un rato más. Los hermanos Márquez seguían ausentes.

Subí al escenario por las escalerillas laterales y vi todos los rastros de un ensayo suspendido: habían estado allí, pero se habían ido. Sobre el entablado negro estaban sus instrumentos, las guitarras, un saxofón, el acordeón abandonado (la almohadilla interior empapada por la transpiración de Aurelio, una verdadera mancha acuática que tomaba sobre el rojo de la tela un color sangre). En ese momento Alonso entró al anfiteatro, acompañado por uno de los organizadores locales del festival. Uno de los ingenieros de sonido, que llevaba en sus botas el nombre de un rapero, salió a su encuentro; estuvieron hablándose, explicándose cosas. Me acerqué y les pregunté dónde estaba todo el mundo, y Alonso me explicó que había cambios en los horarios: les habían pedido atrasar la hora del concierto, previsto para las nueve, hasta las once de la noche. «¿Las once?», dije. Sí, las once: porque para la gente de la televisión era importante que el final del concierto coincidiera con los fuegos artificiales, y la hora de los fuegos artificiales, por razones relacionadas con la transmisión en directo para Latinoamérica, se había cambiado este año y era inamovible. «Aquí nos quedamos hasta tarde», dijo Alonso.

«¿Y entonces?», dije.

«¿Entonces qué?»

«Dónde está todo el mundo.»

«En el hotel», dijo Alonso, «descansando del calor». Y luego: «Todos menos Ricardo, que te está esperando».

Movió la cabeza como un caballo incómodo, yo seguí el movimiento y lo vi: Ricardo estaba sentado en la última fila del anfiteatro, a la sombra de la columnata que un par de jóvenes comenzaban a adornar con banderas latinoamericanas. Te está esperando, había dicho Alonso, y yo había disimulado la sorpresa y evitado preguntar por qué y desde cuándo. Al subir las escaleras sentí en los muslos y en los pulmones el peso de la montaña que acababa de escalar y también el calor violento. Pero al llegar junto a Ricardo, todo aquel cansancio se evaporó, y la sombra de las columnatas fue la más dulce que había conocido en mucho tiempo. «Aquí estamos más a gusto», dijo Ricardo. Me senté a su lado, estiré las piernas como las tenía estiradas él, y me quedé, como él, con la mirada fija en el escenario donde se movían los técnicos y donde los instrumentos parecían reverberar con el sol de la tarde. Y ninguno tuvo que provocar el diálogo a la manera de las malas obras de teatro, ninguno tuvo que romper el hielo ni ejecutar esos complicados pasos con que dos personas se aproximan a una conversación que ambas desean, pero a la cual ninguna sabe cómo llegar. Nada de eso pasó. En un momento estábamos en completo silencio, dos viejos amigos que ya no necesitan llenar sus silencios con banalidades. Al momento siguiente, sin transición alguna, Ricardo había comenzado a hablar.

«Hacía menos calor que hoy», dijo. «Pero hacía calor. Hacía mucho calor. Todos estábamos incómodos, todos sudábamos. Nos sentíamos sucios, sí, es eso, nos sentíamos sucios.»

Habían llegado la noche anterior, demasiado tarde, desde Málaga. En el bus, los hermanos Márquez se habían comportado como un matrimonio en conflicto (un matrimonio de cuatro personas): todos habían fingido dormir para no tener que enfrentarse con lo que había ocurrido en el teatro, con lo ocurrido a la garganta de Ernesto Márquez al final del concierto. «¿Nadie le va a decir nada?», le dijo Ricardo a su padre esa noche, ya en el cuarto oscuro del hotel. Y también su padre —acostado a un par de metros de él, en la otra cama, su silueta marcada por la línea de luz que se filtraba bajo la puerta— había fingido dormir. Ricardo se imaginó a su tío Ernesto de pie frente al espejo del baño y llevándose una mano al cuello o pensando en palabras como pólipos, como nódulos, como cáncer de laringe. Así se durmió, y al día siguiente se levantó antes que su padre y bajó al comedor a esa hora en que en los comedores de los hoteles sólo hay meseros amargados y viejos insomnes, esa hora en que todos los periódicos están todavía sobre el mesón de entrada, pacientes y vírgenes, porque nadie los ha usado. Y allí, por supuesto, estaba Ernesto Márquez, comiendo un croissant con mordiscos de ratón. «No había nada más en su plato», me dijo Ricardo. «Y lo tenía agarrado entre las dos manos, tenía el croissant entre las dos manos. Un croissant es una cosa pequeñita, es difícil agarrarlo con las dos manos para llevártelo a la boca. Pero eso hacía mi tío, y se estaba llevando a la boca uno de esos mordiscos de ratón cuando se lo dije.» Ya que la familia no se atrevía, pensó Ricardo, le correspondía a él decir lo que todos estaban pensando.

«La familia cree que ya es hora de que te retires», le espetó Ricardo a su tío. «La familia quiere que te vayas.»

Ricardo había imaginado cien reacciones distintas. Pero no había imaginado la que tuvo en efecto su tío Ernesto, que ni siquiera levantó la mirada de su plato cubierto de flecos de croissant.

«Yo ya hablé con los demás», dijo Ernesto.

«Estás acabado, tío», dijo Ricardo. «Es así de simple. No queremos que sigas cantando.»

«Yo ya hablé con ellos», repitió Ernesto. Y luego: «Voy a cantar este concierto. Va a ser el último. Luego los voy a dejar en paz».

«Pues no estoy de acuerdo», dijo Ricardo. «Este concierto es en vivo. Este concierto es para toda Latinoamérica.»

«Pinche cabrón», dijo Ernesto con una premura —no, una violencia— que Ricardo no había visto nunca. «A nadie le importa lo que pienses tú».

Y luego: «Voy a cantar este concierto y ya. Y si no te gusta, te vas a la chingada».

Ricardo pasó el día separado de la banda y también de los técnicos, escondiéndose y huyendo sin confesarse a sí mismo que estaba huyendo y escondiéndose, y en el fondo barajando las reacciones que tendría la familia. Vendrían los reproches, la desautorización de su padre, las acusaciones; lo llamarían insolente (ya estaba acostumbrado), se hablaría de jerarquías y de líneas y de quiénes tienen el derecho de cruzarlas. Ricardo caminó sin propósito por la ciudad ardiente, refugiándose del calor en los supermercados —deteniéndose largo rato frente a las neveras— y pasando los últimos minutos antes del concierto en el puerto, mirando los barcos, distrayendo la mente. El cielo se volvió morado y luego gris y luego los contornos de las cosas desaparecieron y luego la luz de los faroles lo volvió todo amarillo, y al levantar la cabeza Ricardo vio que allá arriba, en la montaña, había un resplandor lejano. Se concentró, trató de oír la música, de detectar el temblor de los bajos; creyó, sin demasiada convicción, que lo había logrado. Frente al hueco negro del mar, contó las canciones. *La fiera. Los poderosos. Sombras del alma.* Cantó la siguiente, *La virgen de los pobres,* del primer verso al último. Y luego cantó tres más, calculando no sólo sus tiempos exactos, lo cual ya no le resultaba difícil, sino también los tiempos que había entre ellas, las rutinas de silencios y pausas que contenía ese concierto que había escuchado desde su nacimiento y que ya para este momento había quedado impreso en su conciencia con la nitidez de su propio nombre. Y luego, caminando tan despacio como podía, comenzó a subir.

No lo sorprendió que su cálculo (es decir: que su oído) diera resultados perfectos. Ricardo estaba bordeando la muralla del anfiteatro al mismo tiempo que se apagaban los últimos compases del último corrido —*Y te sientes extranjera*, coreaba el público, *y te duele el desengaño*—, y mostraba su tarjeta de plástico al portero al mismo tiempo que los hermanos Márquez se retiraban del escenario. Se mezcló con el público que había de pie entre el escenario y las primeras gradas, avanzando con dificultad hacia el centro de la multitud y sintiendo los codos y las caderas que lo golpeaban. Entonces los Márquez regresaron a escena, esta vez sin instrumentos. Levantaron las manos, saludaron al público, y el cielo se iluminó. ¿Fuegos artificiales?, pensó Ricardo. No sabía que estaban programados. Pero por qué habría de saberlo si durante toda la tarde había estado ausente, si esa tarde había dejado de ser uno de los Márquez. Sí, eso pensó: ya no soy uno de ellos. No había pensado que le dolería tanto.

Cuando llegaron al hotel, todavía los fuegos artificiales iluminaban la noche. En el cielo negrísimo estallaban ramalazos de colores, y Ricardo pensó en las manualidades que hacía de niño, en la escuela, cuando la profesora le pedía cubrir un papel con crayolas de colores y luego cubrirlo todo con una capa de color negro, de manera que después, al raspar la superficie con un alfiler, los colores emergían del fondo como ahora emergían las luces rojas y azules y verdes del fondo del cielo. En eso estaba pensando cuando su padre lo tomó del brazo y lo llevó al bar del hotel, donde un hombre limpiaba vasos y se alistaba para cerrar. Ricardo se dio cuenta de que también Aurelio y Hugo los habían seguido: el único que se había ido a descansar, sin siquiera despedirse de Ricardo, era el tío Ernesto. Pidieron una botella de tequila y cuatro copas, y sólo cuando su padre le estaba llenando la suya con una extraña solemnidad, sólo cuando el silencio se hizo en esa mesa en donde nunca se hacía el silencio, Ricardo supo que aquello no era el brindis por el final de una gira, sino otra cosa muy distinta. Entonces oyó hablar a su padre.

Su padre le contó lo que había pasado después del concierto de Málaga sin que Ricardo se enterara. Habían vuelto del restaurante Juan y Mariano y se habían ido a dormir; a las tres de la madrugada, timbró el teléfono del cuarto de Hugo. Era Ernesto, que los estaba llamando uno por uno para convocarlos en su habitación: a todos, menos a Ricardo. Así, en pijama y sobre la cama destendida del mayor de la familia, entre esas paredes que ya olían a mal sueño, oyeron a Ernesto hablar. Y lo que contó Ernesto lo contó con cara dura, con voz pausada, con algo que era resignación, pero también culpa: por no haberlo dicho antes, por haberle ocultado a la familia información que a todos los concernía. Tres meses después del diagnóstico de cáncer de laringe, los médicos le habían comunicado la noticia que no quería oír: le iban a quitar la laringe cancerosa. Ernesto preguntó qué pasaría si se negaba, qué pasaría si se quedaba con su laringe enferma, y le dijeron: «Pues que se muere antes de Navidad». Le estaban diciendo que tendría una vida más larga, pero Ernesto rogó como ruega un condenado a muerte: rogó que aplazaran la cirugía hasta después de la gira por España, para poder cantar esos últimos conciertos, para poder dejar su herencia a su familia, pero también a sus seguidores. Y los médicos accedieron. La cirugía estaba programada para el viernes siguiente.

«El próximo viernes», dijo el padre de Ricardo, «Ernesto ya no va a tener voz. No va a cantar, no va a hablar. Nunca más, Ricardo. Un pinche mimo, eso es lo que va a ser».

«¿No va a hablar?», dijo Ricardo.

«Le van a quitar todo esto», dijo su padre, llevándose una mano en forma de garra al cuello y haciendo el gesto de arrancarse la manzana de Adán. «Se va a pasar el resto de la vida en silencio, no sé si te das cuenta.»

«No sabía», dijo Ricardo.

«Nadie sabía», dijo su padre. «Ernesto no quería contarnos. Después de Málaga, le tocó.»

«Pensó que no le íbamos a permitir cantar el último concierto», dijo Hugo. «Y la verdad es que se nos había ocurrido.»

Ricardo no había tocado su tequila. «Fue el último concierto», dijo, «y yo no estaba».

«Figúrate, güey», dijo Hugo. «Todos estos días ha estado metiéndose cortisona, allá solo, en su cuarto. Poniéndose las inyecciones él solo, hay que ser cabrón.»

«Ya no lo voy a oír cantar», dijo Ricardo.

«Pues no», dijo su padre. «Pero tú te lo buscaste solito. Tú te lo buscaste y tú te lo perdiste.»

Todo eso me contó allí, en la última fila del anfiteatro, poco antes del último concierto de la gira de 2001. El calor había cedido levemente, pero todavía era posible sentir sobre la cabeza y los hombros el peso del sol de todo el día. «Tú entiendes, ¿verdad?», me dijo. Le dije que sí, que entendía, pero la verdad es que no supe a qué se refería. No podía entender esa carga, no podía entender la manera en que la figura de Ernesto Márquez había acompañado a su heredero en estos cinco años, ni podía entender lo que debían de sentir —todos, no sólo su heredero— al repetir ahora los pasos, las canciones, las rutinas de ese año triste de 1996.

«¿Y qué pasó con Ernesto?», pregunté.

Cuando regresaron de la gira por España, cuando aterrizaron en Los Ángeles a tres días de que Ernesto perdiera la voz para siempre, tuvieron una cita con los médicos larga y complicada, más parecida a una negociación que a otra cosa. Se trataba de lograr que no le hicieran una traqueotomía a Ernesto. Era la cirugía más convencional, pero Ernesto prefería no andar por la vida con un hueco en el cuello. La traqueotomía, me explicó Ricardo, le hubiera permitido hablar a través de un aparato eléctrico, una suerte de tapón que se pone en el hueco, pero en cambio le hubiera impedido para siempre tocar su harmónica. «No la voy a tocar por el cuello», les dijo Ernesto a los médicos. Los médicos accedieron; durante los días siguientes, la familia en pleno se puso a hacer una lista de expresiones útiles o habituales: las cosas que Ernesto necesitaría decir con más frecuencia, pero que no se podían decir con señas. Después fueron al estudio donde habían grabado todos los discos y Ernesto pronunció las frases ante un micrófono, y esas frases fueron a dar a una grabadora especial que les dieron los médicos. Bastaba oprimir un botón para que la voz de Ernesto dijera *Tenemos que hacer cuentas* o *El que es gallo canta siempre* o *Más vale tarde que temprano* o *Se me evaporó el tequila* o *No me hagan caso si me enojo*. Luego vino la cirugía y la voz de Ernesto dejó de existir en el mundo, salvo por las frases armadas que salían de la grabadora.

«Ernesto se murió hace un par de años», me dijo entonces. «A finales del 99. No alcanzó a ver el siglo nuevo, pero sí alcanzó a tener en las manos el disco de la gira.»

El disco. Los hermanos (y el sobrino) se lo llevaron una tarde, recién salido de producción. Ernesto los recibió con una sonrisa y una frase sonó en su aparato: *Buenas, muchachos, ¿qué los trae por aquí?* Pero se puso más serio al ver lo que le traían. Se sentaron en la sala de sonido que Ernesto había mandado a construir años atrás, cuando tuvo por primera vez el dinero para hacerlo, y los corridos de los hermanos Márquez llenaron el ambiente.

«Y oímos el concierto de Cartagena de la primera canción hasta la última», me dijo Ricardo. «Ahí, juntos, toda la familia. Yo sólo podía pensar que esas canciones las había cantado en mi cabeza esa tarde, subiendo la montaña hacia el teatro, hacia este teatro. Había cantado todas estas canciones en mi cabeza, pero sin oírlas, o mejor dicho, oyéndolas a lo lejos. Y mientras tanto Ernesto las había cantado sabiendo que ya no iba a cantarlas nunca más.»

Ricardo se puso de pie. Me dijo que se iba a cambiar y a poner los audífonos y a calentar un poco antes de que llegaran los demás. Y entonces me dejó solo.

* * *

Y esto es lo que me ha quedado de esa gira con los hermanos Márquez y de esa otra gira que no presencié, pero que me contó Ricardo con detalle y que he podido reconstruir. Me he quedado con la imagen de Ernesto Márquez, a quien nunca llegué a conocer, sentado en su sala de sonido de su casa de Los Ángeles y rodeado de su familia, oyendo su propia voz en el disco de la gira y oyéndola como sólo la podía oír él, porque nadie oye nuestra propia voz como nosotros mismos, porque nuestra voz suena distinta en nuestras cabezas cuando hablamos, de manera que nos sorprende siempre al oírla fuera de nosotros: en un mensaje de contestador, en un video que nos han hecho, en una canción que hemos cantado sabiendo que era la última. Y me he quedado con lo que me contó Ricardo ya de pie, antes de despedirse. Esa tarde en que la familia estuvo oyendo el disco recién hecho del concierto de Cartagena, cuando llegó el final del último corrido y Ernesto Márquez, acompañado de sus hermanos, cantaba los versos desde los parlantes, sucedió algo que nadie había previsto. Ernesto buscó su aparato de frases armadas, sus dedos se movieron sobre los botones y sus ojos se clavaron en Ricardo mientras su voz grabada decía:

Ahora cántala tú.

Canciones para el incendio

Ésta es la historia más triste que he conocido jamás, como dijo ya de la suya un novelista, y en ella todo comienza con un libro, al contrario de lo que dijo un poeta. En realidad, no es una historia, sino varias; o una historia con varios comienzos, por lo menos, aunque sólo tenga un final. Y debo contarlos todos, todos los comienzos o todas las historias, para que ninguno se me escape, porque en cualquiera de ellos puede estar la verdad, la tímida verdad que busco en medio de estos hechos desaforados.

Hace unos años, a mediados de 2014, me encontraba extraviado en la escritura de una novela terca y compleja sobre muchas cosas, pero en particular sobre dos: los asesinatos, más penumbrosos de lo que le gustaría a nuestra pertinaz historia, de Rafael Uribe Uribe y Jorge Eliécer Gaitán. Pasaba largas horas en la Biblioteca Luis Ángel Arango, un edificio laberíntico del centro de mi ciudad, documentando la verdad conocida sobre los crímenes pero, sobre todo, buscando documentos que contaran o intimaran una verdad distinta, oculta u olvidada, enterrada o secreta. Pasaba también horas duras, por lo general tardías y nocturnas, perdiéndome por otros laberintos: los laberintos de internet, que nunca han dejado de causarme un profundo desasosiego cuyos síntomas se parecen mucho, por lo que he logrado averiguar, a los de la agorafobia. Mucho después, cuando ya esta historia estaba completa y comenzaba yo a tratar de entenderla, alguien me explicó el papel que habían jugado los algoritmos en todo esto. Por mecanismos que no me he molestado en retener, mi historial de búsqueda provocó que un día me llegara una oferta comercial. Desde Santiago de Chile, una librería de libros raros y antiguos me ofrecía la primera edición de un volumen de cuya existencia yo apenas tenía noticia: un libro de gramática firmado por Rafael Uribe Uribe.

El libro me llegó por correo treinta días más tarde. Uribe Uribe lo había escrito o compilado con poco más de veinticinco años, mientras pagaba varios meses de cárcel por el asesinato de un hombre. Una nueva guerra civil había estallado; Uribe Uribe se había puesto a la cabeza de los ejércitos liberales de Antioquia; tras una amenaza de insurrección en sus tropas, el coronel —porque Uribe Uribe, ya para este momento, era coronel— apartó al soldado responsable de los insubordinados y lo fusiló él mismo y sin fórmula de juicio. Sus enemigos conservadores, victoriosos en la guerra, no perdieron la oportunidad de encarcelarlo durante un año, mientras un juez decidía su suerte. Al final fue absuelto, pero ese año de prisión le alcanzó para escribir este volumen que ahora yo tenía entre mis manos: un *Diccionario abreviado de galicismos, provincialismos y correcciones de lenguaje* que el autor o compilador dedicaba, para que no quedara duda de la seriedad de su propósito, al gramático más prestigioso de la época: Rufino José Cuervo.

El diccionario se publicó en un país que ya era conservador, no por temperamento, que lo ha sido siempre, sino por ley: la nueva Constitución, que regiría al país durante un siglo más cinco años, se había promulgado el año anterior «en nombre de Dios, fuente suprema de toda autoridad», declaraba a la católica como única religión oficial, protegida «por los poderes públicos» y «respetada como esencial elemento de orden social» y permitía otros cultos siempre que no fueran «contrarios a la moral cristiana». Uribe Uribe, como respuesta al nuevo orden, fundó el periódico liberal *La Disciplina;* poco después fue encarcelado de nuevo, en buena parte por haber fundado el periódico liberal *La Disciplina.* En vista de todo ello, no es extraño que durante los años siguientes se haya dedicado a la vida civil: fundó su propio cafetal en Antioquia, el Gualanday, y administró cafetales ajenos en Cundinamarca o en el viejo Caldas o en el futuro Quindío; leyó, escribió, se preocupó por la suerte del país; conoció gente nueva, simpatizó con alguna, fue odiado por otra. Quiso, en resumidas cuentas, ser un ciudadano más, un agricultor de dudosa fortuna y un padre de familia de convicciones firmes e indignaciones prontas, sí, pero ajeno a la vida pública.

No lo consiguió, como es sabido. Vino otra guerra a finales de siglo, la más cruel y sangrienta de todas; tras la guerra, escarmentado por ella y por el sufrimiento que en ella había visto, Uribe se convirtió en un hombre de paz: y así se granjeó el odio de sus amigos, que lo llamaron traidor y vendido, además de conservar el de sus enemigos, que lo llamaban ateo y socialista. El 15 de octubre de 1914, poco después del mediodía, dos artesanos le destrozaron el cráneo a golpes de hachuela en la avenida más concurrida de Bogotá.

De toda esta vida, lo que me interesa ahora —lo que es pertinente para mi historia triste— es el tiempo que pasó como agricultor diletante. Pues una de las haciendas que administró, aunque fuera por un tiempo muy breve, fue la de la familia De León: diez hectáreas privilegiadas del valle del Cocora desde cuyos confines se veía, bajando por un corte de montaña que dejaba a los paseantes sin aliento, una quebrada tan gruesa que hubiera podido llamarse río. La hacienda se llamaba Nueva Lorena: un nombre incongruente y aun ampuloso, pero que respondía al temperamento de la familia como sólo responden nuestros defectos. Uribe Uribe se encargó de ella durante cuatro o cinco meses del año 1898. La nueva guerra civil, que ya se veía venir en el horizonte, interrumpió sus labores. O eso podemos suponer, por lo menos; de otra manera, no se entiende por qué habría renunciado a ese trabajo perfecto donde los cafetos crecían solos y había tiempo para leer y escribir sin ninguna interferencia: pues los dueños, la pareja De León y su hijo pequeño, estaban ausentes, y nada indicaba que fueran a regresar pronto a Colombia.

Sea como sea, Uribe Uribe renunció a la hacienda de los De León, pero no a la amistad epistolar que había surgido entre ellos. En sus cartas, le pide a Jorge de León que le hable de las últimas novedades literarias; Jorge de León le dice que él es un hombre de negocios y que las letras no son lo suyo, sino lo de su mujer y su hijo; en alguna carta se menciona a Maurice Barrès; en otra, ya bien entrado el nuevo siglo, a los hermanos García Calderón, que publican una revista sobre América Latina. Envidio la riqueza de vuestra vida, escribe Uribe Uribe en un momento de grandilocuencia. Aquí, en cambio, todo es un desierto.

La familia De León, Jorge y Beatriz, se había instalado en París a finales de la década de los setenta. Allí, en el distrito 16, a pocas cuadras de la casa comercial que les permitía una vida de lujos, nació su hijo Gustavo Adolfo. Con veintiún años, cuando ese joven que nunca había pisado Colombia tuvo que escoger entre sus dos nacionalidades posibles, escogió la colombiana, acaso seducido por la fascinación de un lugar remoto, acaso embaucado por la lealtad a sus padres; pero no dejó de anotar que, en caso de que Francia entrara en guerra, se alistaría para combatir con la Legión Extranjera. ¿Habrá imaginado cuán cerca estaba la conflagración? Tal vez él no, pero sí sus padres. En junio de 1914, cuando Gavrilo Princip asesinó en una calle de Sarajevo al archiduque Francisco Fernando y a su esposa, los De León empezaron a darle vueltas a una idea: aquí iba a pasar algo muy grande y muy grave, y tal vez era tiempo de considerar la posibilidad de volver a Colombia. Un mes más tarde, un militante de Acción Francesa, irritado por el combate que Jean Jaurès lideraba contra las monstruosidades de la guerra, molesto por las advertencias que lanzaba Jaurès sobre los riesgos de las alianzas bélicas, excitado por la propaganda conservadora que llamaba a Jaurès perro y traidor y apátrida y socialista y ateo, lo buscó mientras almorzaba y lo asesinó a tiros desde la acera. El crimen, que sacudió a París, sorprendió a los De León con un pie en el barco, y fue como el espaldarazo que necesitaban para abandonar Europa.

Pero su hijo se negó a seguirlos. En agosto ya sabía su destino: el 2.º regimiento de marcha del Primer Extranjero. Para cuando sus padres estaban llegando a la hacienda cafetera, después de atravesar el Atlántico desde Le Havre y de hacer escalas incómodas y de llegar a Barranquilla y de remontar en vapor el río Magdalena y de subir en carro de resorte desde el puerto sobre el río hasta las montañas, ya Gustavo Adolfo estaba acomodándose como pudo en un tren inhóspito de cincuenta vagones y viajando a Bayona para completar su aprendizaje. En sus cartas, el tedio de los comienzos se convirtió en la emoción de las primeras maniobras simuladas, los primeros simulacros de ataques. Sus padres recibían esas informaciones con ansiedad, pero la guerra, cuyas noticias había que ir a buscar a la ciudad, les pareció siempre demasiado remota, o las exigencias de la hacienda les copaban los días y les impedían mantenerse al tanto. Por carta, le anunciaron a Uribe Uribe su llegada, y él les contestó desde Bogotá con tono de alborozo y les prometió una visita tan pronto se lo permitieran sus obligaciones en el Senado de la República. Nunca llegó a cumplir la promesa: los artesanos y sus hachuelas se lo impidieron.

Ayer mataron también al general Uribe, le escribió Jorge de León a su hijo. El mundo se está volviendo loco. La carta le llegó apenas un par de días antes de salir de Bayona hacia el campamento de Mailly-Champagne, donde su compañía se unió a la División marroquí bajo las órdenes del coronel Pein. Todos esos datos, esmeradamente, les daba Gustavo Adolfo a sus padres; también les hablaba de los trabajos duros a los que su condición nunca lo había acostumbrado, del orgullo de defender la civilización ante la barbarie, de los refugios de tierra con techos de paja podrida donde encuentran su hogar pelotones de ratas. Hacia el final del año, sus cartas se llenaron de referencias a las trincheras, al tronar de los obuses y a las balas que pasaban silbando, decía Gustavo Adolfo, como gatas en celo. Hablaba con orgullo de haber cavado una trinchera excepcional, capaz de resistir un ataque de los *boches,* y de un amigo venezolano que había recibido metralla en la cabeza y cuya suerte parecía echada. Si sobrevive, escribió Gustavo Adolfo, lo hará muy mal. En esta carta se queja del uso que dan los legionarios a la lengua francesa, esta lengua hermosa que es su lengua, la lengua de Molière y de Flaubert. Y es imposible saber eso y no pensar en otra carta, escrita en Champaña el 22 de abril, en la cual anuncia que saldrá hacia la nueva posición en cuestión de días y les da a sus padres efusivas gracias por el regalo que le han mandado. Se trata del *Diccionario* de Rafael Uribe Uribe, junto a cuyo título ha escrito la madre (la caligrafía es declaradamente femenina) unas líneas solemnes: *A nuestro héroe con el deseo de verte pronto y celebrar contigo la victoria en los campos del honor.*

Unos días después estaba cavando trincheras en Artois. Se dio cuenta de que los demás llevaban ya varios días trabajando en ellas, y de que la batalla que se avecinaba era grande. De lo que le sucedió después a él no se tiene noticia, pero sabemos cómo discurrió el enfrentamiento. El 9 de mayo, al amanecer, un bombardeo de artillería abrió el ataque. La misión de su compañía era apoderarse de lo que llaman Obras Blancas, una serie de accidentes que habían sido cavados por los alemanes en las colinas, cerca del bosque de Berthonval, y luego tomar la cota 140. El desempeño del regimiento fue milagroso: apoyados por los tiradores, los *poilus* se lanzaron al campo con entusiasmo de suicidas, como si aquélla fuera la última batalla, y en cuestión de hora y media habían conseguido el objetivo. No perdieron demasiados hombres, pero uno de los que perdieron, muerto de manera instantánea cuando una bala le atravesó el cuello, fue Gustavo Adolfo de León, que hubiera cumplido veintiséis años el domingo de la semana siguiente.

Entre los papeles del soldado muerto, que le fueron enviados prontamente a su familia, se encontraron unos versos que provienen acaso de un soneto incompleto.

Cada infierno sugiere una génesis privada:
Su propio purgatorio, su intrínseco castigo.
Infierno es la trinchera donde arde el enemigo;
Purgatorio, la carne de la mujer callada.

La deuda con Rubén Darío (esas esdrújulas, esos alejandrinos) es más que evidente, o así me lo pareció desde el principio. De León había publicado algunos poemas en la revista londinense que dirigía el diplomático y escritor Santiago Pérez Triana; Pérez Triana, corresponsal de Joseph Conrad y de Miguel de Unamuno, era amigo o por lo menos colega de Rubén Darío, y no es imposible que le haya recomendado lecturas al soldado poeta. El cuarteto no es invulnerable, pero sí sugerente: el joven idealista, el buen hijo, el patriota sacrificado, también fue capaz de una vida mundana. Otros versos sueltos, escritos en el margen de una carta ministerial sin puntuación ni rima, hablan de lo mismo:

Unos senos y un vientre son todas las naciones
La forma de unos labios es mi patria de turno

Me pongo en el lugar de sus padres, que a finales de 1915 abren ese paquete con las cartas y los papeles del hijo muerto, y trato de imaginarlos en el acto de recibir la noticia, de encajar el golpe. Y fracaso: no sé cómo recibieron el golpe (encajaron la noticia) los padres de Gustavo Adolfo, allí, en la hacienda cafetera. En ese paquete estaban las cartas que ellos le habían enviado, pero habrán echado de menos el *Diccionario de galicismos*. Sé que no estaba en el envío porque les llegó después, seis años después, y no por la vía que hubieran esperado.

* * *

Lo imagino como una escena de Faulkner: el comienzo de *Luz de agosto,* por ejemplo, aunque no se tratara aquí de una joven embarazada que busca al padre de su criatura, sino de un hombre mayor que lleva de la mano a una niña pequeña. Llegó caminando desde Salento: vestía traje de calentano; llevaba a la niña de una mano y una maleta pesada en la otra; y me gusta pensar que se habría aflojado la corbata y le habría puesto el saco a la niña, pues sé que llegaron al atardecer y es posible que la niña haya tenido frío. Era el mes de octubre de 1921. Jorge y Beatriz estaban sentados a la mesa, esperando a que les sirvieran una cena frugal, cuando los perros empezaron a ladrar. Sonó la campana de hierro que colgaba frente a la puerta de entrada; Jorge dio una orden y alguien bajó las escaleras para ir a preguntar quién era y qué quería a esas horas. Minutos después, sin haber siquiera limpiado los zapatos del polvo del camino, el extraño y la niña estaban sentados a la mesa con los De León, frente a un plato de fríjoles con arroz, tratando de explicar entre bocados que le había costado un trabajo de los demonios encontrar la hacienda Nueva Lorena, que su destino era Bogotá y esto que estaba haciendo era una obra de caridad que ni él mismo se explicaba. La niña tenía seis años recién cumplidos, una piel muy blanca y unos ojos azules que parecía esconder por timidez. Les presento a su nieta, les dijo el hombre, y luego les contó lo que había sucedido para que acabaran los dos llegando hasta aquí.

El hombre se llamaba Silva, era médico homeópata y venía de Nicaragua y de Panamá. Había llegado a Cartagena después de un viaje de varios meses; tomó el tren para ir a Calamar y allí abordó el mismo vapor —el Díez Hernando— en que viajaban la niña y su madre. De inmediato hizo buena relación con la mujer. Madame Dumontet, que así se presentó la mujer, era locuaz y abierta, y hablar con ella no sólo era fácil, sino agradable; por supuesto que para ella también era un gusto, por no decir un golpe de suerte, encontrarse con alguien que hablara francés, aunque fuera un francés mediocre con acentos de las islas. En pocas horas ya se había enterado el hombre de que madame Dumontet vivía en París, y no sólo era la primera vez que atravesaba el Atlántico, sino la primera vez que salía de las fronteras de Francia. Iba a Colombia para reunirse con la familia de su marido, explicó más de una vez, un héroe de guerra muerto por Francia en la batalla de Artois; pero esto de viajar sola no era fácil, y aunque el viaje había transcurrido sin problemas hasta la llegada al Caribe, ahora ya se empezaba a sentir cansada. ¡Llevaba tres días esperando en tierra firme la salida de este vapor! Nos cayó encima una lluvia torrencial, dijo, yo nunca había visto llover así. La primera noche nos devoraron los mosquitos, si viera usted la pierna de la pobre niña, está toda hinchada. No sabe usted, señor, lo que sentimos mi hija y yo cuando oímos la sirena. Silva la miró. Madame Dumontet no podía tener más de treinta años: viuda de un héroe de guerra, madre de una hija sin padre, y aquí estaba, aventurándose en tierras desconocidas para darle a su hija una familia: ¿no era de admirar? Bueno, pero ya estamos a bordo, le dijo Silva, ahora sólo es cuestión de relajarse y admirar el paisaje: verá usted qué paisaje. Y ella le dijo que sí, que ya lo estaba admirando.

El barco salió a las cinco de la tarde y a las seis y media ya todo el mundo estaba en sus camarotes. A la mañana siguiente, después de una noche plagada de mosquitos en la que el calor no lo dejó dormir, Silva llegó al desayuno para enterarse de que la francesa estaba enferma. Un grupo de pasajeros benévolos acompañaban a la niña a tomarse un café con leche y un par de tajadas de pan, pero el café era un asco y la mantequilla estaba rancia como un pescado, de manera que Silva corrió a su habitación y volvió con una caja de galletas. ¿Cómo te llamas?, le preguntó a la niña. Ella no contestó. ¿Te gusta el barco?, le preguntó. Parece una tortuga, dijo la niña, y añadió enseguida: mamá está enferma. Le duele la cabeza. Se pondrá mejor, le dijo Silva, el trópico es difícil siempre para quien lo visita por primera vez. ¿Quieres ir a ver los pollos? A la niña se le iluminó la cara. ¿Hay pollos?, exclamó. Silva la tomó de la mano y bajaron las escaleras y caminaron entre los troncos y junto a las calderas y llegaron a las jaulas para ver los pollos. Eran cinco o seis, y Silva estuvo seguro de que no alcanzarían para la semana de viaje que tenían por delante, pero ni siquiera le dijo a la niña que esos pollos simpáticos estarían en su caldo uno de estos días.

Esa noche, después de la cena, cuando ya estaba cómodo en su camastro y preparándose para dormir, Silva oyó que golpeaban a su puerta. Era el capitán, que venía a pedirle personalmente que se hiciera cargo de la francesa. Está que arde, dijo el capitán. Silva volvió a vestirse y acudió al camarote donde madame Dumontet se quejaba y se retorcía, y lo primero que notó fue el fuerte olor a vómito. Le costó aceptar que ese castañeteo fuera el de los resortes y los tornillos del catre, que se movían a la par que el cuerpo convulso de la mujer, o más bien eran movidos por los escalofríos de su cuerpo enfermo. Silva le puso la mano en la mejilla y la mano quedó empapada en sudor nuevo. No recordaba, en todos sus viajes, haber tocado una fiebre tan alta. Le deshizo el nudo del cuello del camisón. En la repisa encontró dos toallas bordadas, las metió ambas en el platón de agua del lavamanos y usó una para cubrir el cuello y el pecho, y con la otra toalla hizo una especie de guante para pasarlo por la frente incendiada, por las mejillas sanguíneas. Entonces trajo de su camarote una dosis de quinina, porque no supo qué más hacer, y le dijo a madame Dumontet que al día siguiente se sentiría mejor.

Y se sintió mejor, en efecto, y hasta pidió algo de comer, pero luego dijo que tenía una sed terrible y empezó a tomar agua de tal manera que hubo que llenarle la jarra de porcelana del camarote cinco veces en el curso del día. Silva bajaba hasta el filtro y esperaba pacientemente mientras la piedra limpiaba el agua turbia del río, y luego subía a dejarle la jarra a la enferma. Llegó a creer, tras una de esas visitas, que madame Dumontet se mejoraría, porque la vio conversar animadamente con una pasajera. Se fue a dormir pensando en eso: que había sido una indigestión, sí, un tema del agua sucia, las bacterias, los microbios que pululan en estos lugares alejados de la mano de Pasteur. En el fondo sabía que había otras posibilidades más temibles, porque había visto síntomas semejantes en Colón y en el golfo. Y confirmó sus peores presentimientos al amanecer, cuando salió de su camarote y se encontró con un pequeño ejército de delantales que intentaban limpiar el suelo de madera del vómito oscuro de madame Dumontet.

Veinticuatro horas después —después de mucho vomitar, después de muchas fiebres y mucho sudor y muchos remedios infructuosos— estaba muerta. La envolvieron en sus propias sábanas, contó Silva, y vino un cura que le dio bendiciones y rezó junto a la escalera de popa, y entre todos la pusieron en un planchón y dejaron que el cuerpo cayera al Magdalena y desapareciera de su vista mientras avanzaban río arriba a la velocidad de quien camina en la ribera. Nada de esto lo presenció la niña, pues alguien tuvo el buen juicio de distraerla en un camarote, pero luego le explicaron que su madre había muerto y que ahora este señor la llevaría a ver a su familia, y la consolaron con palabras que visiblemente no llegaban a ninguna parte. Lo peor, dijo Silva, fue la cuarentena: porque entonces el barco tuvo que atracar en el primer puerto disponible e izar la bandera, y quedarse allí durante días que parecieron años, que deterioraron la convivencia e impacientaron a los pasajeros, y Silva llegó incluso a romperle la nariz de un puñetazo a un hombre que había insultado a la niña cuya madre tenía la culpa de todo. Viajando sola con una hija, había dicho el hombre: hasta puta sería. Pero lo dijo en español, y la niña no se enteró de nada.

Y aquí estamos, dijo Silva. Casi dos meses después de haber embarcado en Calamar. Yo no sé por qué me tocó a mí esta lotería, pero tampoco veo cómo hubiera podido negarme. La niña estaba sola, sola en un país desconocido, sin poder comunicarse con nadie y sin saber adónde ir. Por suerte que su madre era habladora, por suerte que no era uno de esos pasajeros tímidos que no hablan con nadie, porque al menos pude enterarme de lo necesario para traerla. La hacienda Nueva Lorena: mucha gente ha oído hablar de la hacienda Nueva Lorena, pero esa gente, créanme, no estaba en el vapor Díez Hernando. En fin, aquí está su nieta: la hija de su hijo, el héroe de la batalla de Artois. Aquí está su nieta y aquí está la maleta de su nieta, que pesa como un muerto, con perdón. Yo, por mi parte, les pido una noche de posada, y mañana sigo mi camino a Bogotá.

Y entonces abrió la maleta allí mismo, sobre la mesa del comedor, y sacó lo que le parecía más importante. Era un atado de sobres de distintos tamaños y colores que un lazo rojo mantenía en su sitio: las cartas que Gustavo Adolfo le había escrito a la mujer. Pero los padres, al asomarse al interior, encontraron otra cosa. Entre ropas y zapatos se asomaba el *Diccionario de galicismos*. La madre abrió el libro y confirmó que allí estaba la dedicatoria que ella había escrito de su puño y letra. ¿Y cómo se llama la niña?, preguntó entonces.

Aurélie, dijo Silva. Ustedes le pondrán el apellido que quieran.

Mejor Aurelia, dijo doña Beatriz. Para que pueda ser colombiana sin dar explicaciones.

Y Aurelia de León pasó los cuatro años siguientes en Nueva Lorena, con sus abuelos, perdiéndose en los cafetales, bajando y subiendo por laderas empinadas para ayudar a los recolectores, aprendiendo lentamente a hablar el español de la molienda. Aprendió también a estrujar la fruta entre los dedos para sacar la nuez y a comerse la pulpa dulzona hasta que le doliera el estómago, y aprendió a identificar hojas enfermas y a dar la alarma, y aprendió a usar el molinillo pequeño, de cuya rueda tenía que colgarse para ponerla en movimiento.

Sus abuelos nunca supieron cómo se habían conocido Gustavo Adolfo y la madre de la niña, porque esa información no estaba en las cartas, pero sí cedieron a la evidencia de que la relación no había sido cosa de un día: el soldado que pasa por París entre dos viajes buscando mujeres para paliar la soledad o el miedo. Entre las cartas había una foto: era de suponer que la mujer se la había mandado a Gustavo Adolfo, pero en los años de Nueva Lorena les sirvió a los abuelos para mantener en la memoria de la niña la imagen de su madre (aunque fuera una pésima imagen, más un borrón que otra cosa).

Así creció Aurelia de León. Cuando cumplió diez años, sus abuelos decidieron que no la podían dejar así, viviendo como salvaje, rodeada de cabras y de plátanos, a merced de los peores instintos de los recolectores. La mandaron a un internado católico de Bogotá, para que las monjas de La Presentación la convirtieran en una ciudadana de bien.

El segundo comienzo de esta historia que tiene varios, o cuyo hilo sale de distintas madejas, ocurrió dos años después del primero. A mediados de 2016, mi amiga Jota, fotógrafa de la guerra colombiana y viajera impenitente, me llamó para proponerme un artículo. Ella tenía las fotos; sólo le faltaba el texto. Jota me reveló entonces la existencia de un lugar del que yo nunca había oído hablar: el Cementerio Libre de Circasia. Mientras oía las explicaciones y los relatos que Jota me lanzaba por el teléfono, uno detrás del otro, como si al quedarse en silencio me fuera a dar la oportunidad de decir que no, y mientras repasaba mentalmente mis compromisos y mis obligaciones de las próximas semanas, pensé que este país mío nunca dejará de sorprenderme. Acepté de inmediato y dos semanas después hice el viaje.

El Cementerio Libre quedaba en la curva de una carretera de montaña, en una pequeña colina que parecía alzarse desde el corte de la calzada diseñado para que los visitantes dejen sus carros. Era un invento o una creación de un grupo de impíos de los años treinta, masones en su mayoría, que se pusieron en la tarea de construir un lugar donde pudieran reposar los restos de todos aquellos que la Iglesia rechazaba: los ateos, los comunistas, las putas, los suicidas. Uno de ellos, el autor intelectual de este lugar de rebeldía, se llamaba Braulio Botero, y allí estaba su busto, recibiéndome debajo de los árboles. Estaba lloviznando cuando llegué y el viento frío cruzaba de vez en cuando, llevándose cinco grados de temperatura con cada ramalazo, pero nada de eso me molestó ni me incomodó siquiera: mi fascinación era a prueba de los elementos. Ya sabía para ese momento quién era don Braulio; sabía que su tío Valerio Londoño, que se había pasado la vida entera levantando la voz contra los curas y denunciando el monopolio que la Iglesia tenía sobre la educación de los niños, había muerto hacia 1928; sabía que el párroco local, Manuel Antonio Pinzón, le había negado sepultura en el Cementerio de Los Ángeles, y que don Braulio había tenido que viajar por la zona buscando un lugar que aceptara a su tío librepensador y ateo. No lo supo hasta que fue demasiado tarde: el párroco Pinzón había telegrafiado a todas las parroquias de la zona, de Filandia a Calarcá, para que en ninguna parte cometieran el sacrilegio de permitirle la entrada. La familia acabó regresando a Circasia con los huesos de su muerto y enterrándolos, sin más ceremonia que la ceremonia de la derrota, en el jardín de su casa.

Braulio Botero recogió el guante. Consiguió un lote adecuado, regalo de su padre, y organizó bailes y bazares para recolectar los quinientos pesos que costaba la obra. Las señoras más liberales donaron sus joyas como sus madres las habían donado para la última guerra civil, aunque se cuidaron mucho de que sus nombres aparecieran públicamente entre los donantes, y un ingeniero alemán supervisó la obra sin cobrar un peso. Construyó cuatro bóvedas verticales para que los fundadores del cementerio pasaran la eternidad de pie, y las adornó con los mismos símbolos masónicos que encontré en otras partes. (No encontré, en cambio, ni una cruz, ni una estatua de santo, ni un versículo de la Biblia citado en ninguna parte.) Luego conocí el grado del fundador Botero: Gran Caballero Kadosh del Águila Blanca y

Negra. Supe también que Jorge Eliécer Gaitán había visitado el cementerio a principios de los años treinta, cuando, después de cuarenta y cuatro años, el presidente del país había vuelto a ser liberal. Supe que el primer muerto enterrado allí fue un alemán de religión luterana al que un lugareño católico había asesinado a cuchilladas en una calle oscura. No supe, en cambio, cuál era el más reciente.

Antes de marcharme, tras haber llenado varias páginas de mi libreta con apuntes y de haber hablado durante casi media hora con un hombre que barría los senderos y se disponía a lavar las estatuas y las lápidas, caminé hasta uno de los muros del cementerio. Me había llamado la atención un ruido de niños, de niños jugando, que sonaba demasiado cerca para no provocar mi curiosidad, pero demasiado lejos para estar dentro del cementerio. Descubrí entonces que, del otro lado del muro blanco, a pocos metros de estos muertos laicos o agnósticos o descastados, había un parque infantil. Uno de verdad: con columpios y tubos y balancines de esos que dejan en la piel el olor del óxido. Me pasaron por la mente toda clase de metáforas imbéciles sobre esa vecindad, pero tuve el buen tino de no anotar ninguna en mi cuaderno. Y ya cuando me iba a ir, ya cuando había comenzado a alejarme del muro, pasé al lado de una araucaria cuya base estaba pintada de blanco, según una costumbre que no he visto en ningún otro país del mundo, y me di cuenta de que había una placa de bronce en el tronco.

Cerca de este lugar tuvo
su última morada
Aurelia de León
(1915-1949)
«Si trae mucha música, que en el Hades se taña...»

Debajo de la leyenda, en la esquina derecha de la placa, se alcanzaba a ver una fecha bruñida: 1973.

Todo en la placa era un misterio: ¿por qué Aurelia de León había tenido allí su última morada y ya no la tenía? ¿Por qué había muerto tan joven? ¿Por qué habían puesto esa placa tantos años después, y quién lo había hecho? ¿Qué significado tenía el verso? Lo reconocí de inmediato: su origen era *Admonición a los impertinentes,* uno de esos poemas que para mí son como oraciones laicas. Busqué el verso en mi teléfono para mejor encontrar su contexto (estos aparatos han desterrado de nuestras costumbres la paciencia y el esfuerzo de la memoria, pues todas las respuestas están ahí todo el tiempo) y encontré el poema entero en varias entradas, y encontré el poema mutilado o destripado en otras: es el riesgo que corren los poemas cuando se vuelven populares. Y entonces me topé, unas cuantas páginas más abajo, con una cita que no hablaba del poeta León de Greiff, sino que daba constancia de un libro escrito en español que llevaba el verso como epígrafe. El título era *Canciones para el incendio;* la fecha de publicación, 1975; el autor, un tal Gustavo Adolfo de León.

Y entonces me puse a investigar.

No pude, no he podido saber, cómo transcurrieron los años de Aurelia de León en el internado, pero imagino (nada me impide imaginar, visto lo que pasó después) una adolescencia turbulenta, una salida al mundo similar al momento en que un secuestrado recupera la libertad. He averiguado, en cambio, que su abuelo murió de muerte natural mientras ella estaba en el internado, y que Aurelia no quiso volver a Nueva Lorena ni siquiera para asistir al entierro en el Cementerio de Los Ángeles. Cuando terminó su bachillerato, prefirió quedarse en Bogotá, una ciudad que apenas había conocido a través de las ventanas, viviendo una vida de huérfana con la familia de Soledad Echavarría: entre dos veteranas de la guerra contra las monjas (que así se llamaban a sí mismas) se entendían mejor y se protegían y se acompañaban, y la familia de acogida no hubiera podido estar más orgullosa de tener a una joven europea bajo su techo. Aurelia aprendió pronto a usar sus orígenes, su lengua materna y sus ojos claros para impostar un abolengo del que carecía; en eso, pero no sólo en eso, había comprendido, como una alumna aventajada, el funcionamiento de esta sociedad que ahora era la suya.

Los Echavarría vivían en un barrio de casas inglesas cuyos techos de tejas coloradas terminaban en punta, como si fuera necesario en esta ciudad que la nieve resbalara. Allí, en la mansarda, acogieron a Aurelia de León, y lo hicieron convencidos de que cumplían una misión pedagógica o civilizadora: era un desperdicio que una joven de inteligencia tan despierta tuviera que casarse con un hombre de pueblo. El señor Echavarría era un ingeniero de trajes de tres piezas y guantes y paraguas, nacido en la ciudad e incapaz de comprender que hubiera vida posible fuera de ella, ni que la gente encontrara agradable bajar del altiplano a lugares inhóspitos donde se convive con desconocidos de axilas oscuras y demasiada piel al aire. A Aurelia de León la asediaba con discursos de cura o de político sobre las virtudes de la ciudad. Aquí, en la capital, estaba el marido que le convenía: alguien capaz de hablar de vinos y de historia de Bizancio, pero también de ubicar la tienda de Manhattan donde uno puede comprar los mejores sombreros. Y si su mujer, desde la cocina, decía que no había que exagerar, que a veces era bueno algo de verde, él respondía: ¿Verde, mi chata? Como si fuéramos guardabosques.

A Aurelia de León le tomó pocos meses convertirse en parte de la familia. Al principio le servía de chaperona a Soledad, pero dejó de hacerlo cuando se dieron cuenta de que los pretendientes se fijaban menos en Soledad que en ella. Aurelia llevaba su belleza de una manera distraída, como un chal que cogemos de prisa antes de salir de casa, pero empezó a percatarse de otras cosas. En reuniones sociales, en ajiacos de domingo o en tertulias que la señora organizaba a la hora del té, Aurelia se encontraba de repente en el centro del círculo. Descubrió que eso no la incomodaba. Hablaba de la muerte de su padre como si hubiera estado en las trincheras de Artois, llenando su relato con detalles bien escogidos y diálogos puestos en su sitio, y podía referir el viaje de su madre a las Américas y también su enfermedad y su muerte de una manera tal que su auditorio —todas esas señoras cuyas tazas de té nunca perdían el equilibrio sobre los platos— terminaba invariablemente entre sollozos. Aurelia de León descubrió un placer que no había sentido nunca: el de todos esos ojos puestos en ella, el del silencio que le abría paso a su relato, el de las súbitas inspiraciones y los cuerpos erguidos en las sillas y las manos juntas sobre las faldas. La atención de las mujeres le hizo sentir una especie de nueva densidad, como si su cuerpo se hubiera afirmado sobre la tierra. A veces, en reuniones donde también había hombres presentes, el señor Echavarría le pedía que contara su vida —así le decía: a ver, mijita, cuente el cuento de su vida—, y Aurelia de León notaba que la mirada de los hombres era diferente, y que le gustaba, y que la mirada de las mujeres cambiaba también: se volvía hostil, artera, escudriñadora.

Fueron años de descubrimiento: día tras día, Aurelia de León se encontraba a sí misma, o inventaba una versión de sí misma con la cual se sentía cada vez más a gusto. Los periódicos hablaban de ella: la sorprendían en los salones de sociedad, escuchando la conferencia de un poeta, o le tomaban una foto en una casa de San Victorino, y Aurelia de León aparecía en la página rodeada de un comité de apoyo a Jorge Eliécer Gaitán y sobre la leyenda *Faldas liberales*. Al padre de Soledad, esas compañías le parecían cuestionables, por decir lo menos: ¿se estaría volviendo una mala influencia, esta extranjera con piel de oveja? En su sección «Mujeres», la revista *Cromos* reveló por esos días algo que Aurelia había mantenido escrupulosamente en secreto:

Nuevas caras. — ¿El periodismo, en Bogotá, estará todavía en manos de los hombres? Por lo menos una mujer audaz parece empeñada en probar lo contrario. Acaso lo ignoren los lectores de El Espectador, *pero la página social por la que pasan sus ojos todos los días está a cargo de la señorita Aurelia de León, francesa de nacimiento, quien desde hace un tiempo honra nuestros salones con su belleza. La señorita De León registra nuestro acontecer social: nacimientos, defunciones, cumpleaños, enfermedades de los miembros más prestantes de nuestra sociedad. ¡Y matrimonios también! A los caballeros habrá que advertirles que, a pesar de lo que su apellido falsamente sugiere, la señorita De León sigue soltera y a la orden. Nos consta que no es una de esas mujeres que pasan desapercibidas.*

Era un trabajo imbécil donde las damas de alcurnia siempre *guardaban cama* y los caballeros siempre *regresaban de un productivo viaje de negocios,* pero no importaba: Aurelia estaba dentro de la redacción de un periódico, entre máquinas de escribir y linotipos; y la nota aquella no se equivocaba: Aurelia de León no pasaba desapercibida. Eso le gustaba. Le gustaba que las voces se hicieran tenues cuando entraba en una sala; le gustaba que la miraran desde el otro extremo, por encima de muchos hombres anónimos, y que la gente cruzara la habitación para hablarle. Uno de los que lo hicieron, uno de los que la miraron desde el otro extremo y cruzaron la sala, era un hombre de unos cuarenta años, de corbatín y saco de espina de pescado y gafas de marco transparente, que acababa de salir en la prensa —Aurelia había visto su foto, y en ella llevaba exactamente el mismo saco— por haber publicado una novela sobre la Gran Guerra. Mi padre murió en la guerra, fue lo primero que le dijo ella. Sí, eso me contaron, dijo él. Por eso vengo a hablar con usted. ¿Sólo por eso?, preguntó ella. Bueno, y también para regalarle un ejemplar, dijo él, si a usted eso no le parece una ofensa. Y añadió: Lo que pasa es que no lo tengo aquí conmigo. Pues entonces, dijo ella, nos va a tocar volver a vernos, porque a mí me da mucha curiosidad su libro. El Remarque colombiano, decía el artículo. Qué elogio, ¿no? Qué compromiso, más bien, dijo él. Porque hay una diferencia pequeñita: Remarque sí estuvo en la guerra. Casi me da vergüenza decir esto, decírselo a la hija de un héroe, pero yo ni siquiera sé cómo se dispara una pistola. No me desprecie, por favor.

Aurelia se descubrió entonces poniéndole una mano delicada en el brazo que sostenía su bebida, en el paño de espina de pescado que era mucho más suave de lo que había imaginado, y diciéndole que no, que no lo despreciaba, que de ninguna manera.

Se empezaron a encontrar en los hoteles del centro, casi siempre a la hora del almuerzo, cuando los dos podían ausentarse de sus mundos sin despertar sospechas. Se llamaba Pablo Durana; se había casado quince años atrás, y desde el primer momento tuvo la conciencia dolorosa de que no se casaba por amor, sino para hacer con el dinero de su esposa lo único que le interesaba: leer y escribir sin que ninguna obligación le jodiera la vida. Pero había tenido tres hijos porque era imposible no tenerlos, y gracias a ellos o por su culpa había sobrevivido en ese matrimonio como otros aguantan en un trabajo detestable pero bien pagado, y mientras tanto preparaba la novela que lo haría famoso. Sin prisa, decía, pero sin pausa.

Todo esto lo explicaba en largas frases susurradas. Aurelia de León, por su parte, hubiera preferido no saber. Hubiera preferido, de hecho, no saber nada del hombre ni de su vida, y si pudiera volver a comenzar, se convertiría en su amante sin siquiera preguntarle su nombre. Los encuentros con Pablo habían sido un descubrimiento, el del cuerpo ajeno y el de su propio cuerpo, y también la posibilidad de prescindir de pretendientes incómodos, aunque lo hiciera por razones secretas de las que los pretendientes nunca se enterarían.

Con Pablo se podía hablar de libros. Mientras afuera caía un aguacero bogotano de esos que azotan las ventanas y bajan a la carrera Séptima convertidos en arroyos, Aurelia, desnuda sobre las cobijas, con todos los poros cerrados por el frío, hablaba de Proust y de Colette, y a la semana siguiente llegaba Pablo con un libro de tapas color crema que había encontrado en los anaqueles de novedades —esas novedades que ya tenían un par de años— de la Librería Mundial. Era predecible, este hombre, y era conmovedor justamente por ser predecible, pero Aurelia se preguntaba si seguiría encontrándose con él de poder ir sola a los cafés vecinos, La Gran Vía, por ejemplo, para tomar carajillos y pararse junto al piano y recitar poesía hasta las dos de la madrugada sin que la tomaran por una copera y se frotaran contra ella al pasar entre dos mesas. Y la respuesta no era clara. Una cosa era cierta: si el tipo no se la tomaba en serio, fingía maravillosamente que lo hacía. Al mismo tiempo, Aurelia no podía olvidar que aquí, a cien metros, en el café Automático o en el Windsor, estaban ocurriendo cosas, y Aurelia no las estaba viendo ocurrir. En los cafés se reunían los periodistas y los poetas; en los cafés se escribía la ciudad. Y Aurelia no estaba allí. Ella hubiera podido contar otras historias, como había contado tantas, y no lo estaba haciendo. ¿Y qué importaba eso?

Una tarde, después de terminar la redacción de una página en la que un jovencito marchaba a París para hacer estudios de Medicina y una señora de nombre Jesusita pasaba a mejor vida por la gracia del Señor, Aurelia metió una hoja de papel sin membrete en la máquina, escribió una carta para su propio periódico y la dejó en el escritorio del editor. La carta apareció el lunes siguiente en una columna estrecha de *El Espectador,* junto a una publicidad de sobretodos Everfit y debajo de un lamento por la desaparición de los árboles y las flores en la plaza de Bolívar. Aunque la hubieran cortado, aunque comenzara en la página con los puntos suspensivos de la amputación, Aurelia quedó satisfecha.

... En todo el mundo luchan las mujeres por obtener el derecho al voto; en Bogotá, la gris y bella Bogotá, nos contentaríamos con el derecho a entrar por la tarde

en los cafés. ¿Qué mundo secreto esconden estos lugares
que no puedan ver nuestros castos ojos? Se dice que en
esos cafés se hace la vida intelectual de nuestra ciudad;
pero tal vez una visitante de afuera, que tenga la mira-
da limpia y el juicio claro, se dé cuenta de que esa vida
es, como los lugares donde se hace, puro humo...

Esa tarde, el editor la citó en su oficina. ¿Y eso
qué fue?, le preguntó. Aurelia vio su pelo negro,
donde la gomina sobrevivía a pesar de ser más de
las cuatro, y notó el brazalete de plástico cuyo
nombre nunca había sabido. Quiero escribir columnas, le dijo. Llevo un año haciendo bobadas y
ya me cansé. Tengo cosas que decir y quiero decir-
las, no seguir perdiendo el tiempo.

El editor la miró por encima de sus gafas de
marco grueso. Aurelita, le dijo, no se engañe: a su
edad, nadie tiene nada que decir. Pero vaya usted y
se da cuenta solita. Escríbame algo para mañana
y vemos qué se puede hacer.

Aurelia escribió una columna de tono jugue-
tón, con más ironía que sarcasmo, que tituló «En
busca de la mujer perdida». No se la entregó al editor, sino que esperó a que el hombre se ausentara
de su escritorio para dejarla, y luego se olvidó de
ella, hundida como estaba en las demás obligaciones: la reseña del baile en El Venado, la primera
comunión de una niña de largas trenzas rubias.

El viernes siguiente, cuando Pablo ya se había
despedido, se dio una ducha y se metió nuevamen-

te entre las cobijas, para esperar a que se le secara el pelo mientras se quitaba de encima un agotamiento que la había acompañado desde la mañana. Así, vestida y con la cabeza envuelta en una toalla, se quedó dormida. Cuando despertó, era casi de noche. Tenía prisa, porque ya estarían preparando la mesa en casa de los Echavarría, pero en vez de caminar una cuadra hasta la Séptima y buscar el tranvía que la llevaría a su mansarda, caminó hacia el norte sin darse cuenta. La lluvia reciente había dejado charcos junto a los rieles del tranvía y Aurelia tuvo que pegarse a la pared de los edificios para que los carros no la salpicaran al pasar. Dobló la esquina de la Jiménez y caminó hacia el Edificio Sotomayor, y desde antes de llegar alcanzó a oír el bullicio. Era como una vitrina de humo, y adentro estaba pasando todo. Trató de entrar, pero un guardia le enseñó la palma de la mano. No se puede, le dijo. Y como ella trató de seguir adelante, el guardia añadió: Es que ni siquiera hay baño de mujeres.

No importa, contestó ella. Yo siempre he hecho pipí parada.

Entró como abriéndose paso entre la maleza. El humo le irritaba los ojos; el olor de las empanadas fritas se le metía en las narices. Entonces oyó una voz diáfana que se imponía a las demás, como si estuviera dando una charla, y luego pensó que no, que alguien estaba leyendo poesía. Y entonces reconoció sus propias palabras, leídas con buena entonación por un hombre ante el pequeño público atento de su mesa cubierta de botellas.

¿Dónde están esas mujeres? De aquí y allá me llegan noticias que hablan de ellas como si de unicornios se tratara. Para la muestra, un botón. Me cuentan una anécdota que ocurrió en las termales de Paipa, donde gente importante suele ir a veranear. Una mujer de reconocida hermosura llegó al borde de la piscina y se quitó la bata que la cubría, revelando, para escándalo de los presentes, un biquini de color negro como los que están de moda en las playas de Europa. El alcalde llamó de inmediato a uno de sus subalternos y le susurró algo al oído, tras lo cual éste le dio la vuelta a la piscina, a la vista de todos, y al encontrarse cerca de la dama en cuestión le dijo, en voz bien alta y con evidente intención de humillarla:

—Señorita: el señor alcalde le informa que en este lugar sólo se permiten vestidos de baño de una sola pieza.

La joven se puso de pie, se acercó al borde de la piscina y desde allí, con las manos desafiantes en la cintura, gritó:

—Alcalde, ¿cuál quiere que me quite?

Las carcajadas resonaron en el espacio estrecho de El Automático. Pero antes de que Aurelia pudiera sentir orgullo, antes de que pensara siquiera en acercarse al grupo para hacerse notar, sintió en la boca del estómago algo que hubiera podido ser

245

manteca de cerdo. No alcanzó a llegar al inexistente baño de mujeres: tras dar dos pasos tuvo que agacharse para vomitar junto a una mesa, entre las piernas de los clientes que habían reído sus ocurrencias, en medio de un silencio que en otras circunstancias le hubiera parecido mágico.

Aurelia de León mantuvo su embarazo en secreto tanto como fue posible. No le dijo nada a Pablo Durana, en parte porque no quería causarle problemas, en parte porque hacerlo era quedar para siempre encadenada a él, o por lo menos correr ese riesgo. Quería estar sola; no precisaba compañía. A Pablo dejó de verlo, eso sí: fue una ruptura seca en dos párrafos despiadados, un modelo de retórica de guerra que habría sido entre hombres motivo de duelo de honor. Ya sé que soy esquiva, le escribió, ya sé que te parezco hosca, pero déjame sola.

Sufrió los mareos en silencio, dejó vómitos clandestinos en el baño de los Echavarría, empezó a usar ropas más sueltas para que luego, cuando eso fuera de verdad necesario, nadie notara un cambio demasiado brusco. Durante ocho semanas escribió su columna, y los lectores la celebraron y saludaron una voz femenina en las páginas de opinión. Aurelia tuvo cuidado de no ponerse seria o solemne, porque eso hubiera molestado a sus jefes: lo que ellos querían, pues lo quería el público, era ese *tonito*. Así se lo ordenaban: Dígalo con ese tonito suyo, que eso le gusta a todo el mundo. Y ella acataba: no había que forzar la mano. Ya vendría el tiempo de incomodar, pero por ahora bastaba con disfrutar lo conseguido. La gente hablaba de su última columna; otras columnas la citaron una o dos veces; sus colegas de la sala de redacción la invitaban o la toleraban en las mesas de El Automático, donde sólo había otra mujer: una escritora de nombre Matilde Castellanos, que había venido de Nicaragua buscando a un torero del que estaba enamorada. Es poetisa, le dijo el hombre que las presentó, y Matilde Castellanos lo corrigió: poeta, mi amigo, poeta está bien.

Entonces pasó lo que tenía que pasar, lo que Aurelia esperaba que pasara tarde o temprano. Regresaba a su mansarda un jueves en la tarde, después de haber oído a León de Greiff leer un puñado de poemas nuevos, trayendo a casa el olor del humo y, en el aliento, los restos de un brandy, y cuando abrió la puerta se encontró con la familia en pleno. Todas las luces de la sala estaban encendidas. El señor Echavarría la recibió con una pregunta que era una acusación: ¿Y usted cuánto tiempo creía que se podía esconder una vaina así?

Ella no dijo nada: nada que pudiera decir serviría para cambiar las cosas, para echar marcha atrás, para evitar lo inminente. Pero lo que no se esperaba era el desprecio en la voz de su amiga, su compañera de colegio, veterana de la guerra contra las monjas, la responsable de que Aurelia hubiera venido a vivir a esta casa. Hemos estado hablando, le dijo Soledad, y todos pensamos que tienes que tener a ese niño en otra parte.

Y luego: Es que aquí puticas no queremos.

Aurelia tenía casi cuatro meses de embarazo cuando regresó a Nueva Lorena. Encontró un mundo cambiado. Todo era más pequeño: los cafetales, el molinillo, la banca de madera en la cual los recolectores podían sentarse a tomar aguapanela. El administrador de la finca era un lugareño de voz aguda y pantalones arremangados que tenía nombre, Asdrúbal, pero no apellido, y que dormía en los bajos de la casa con una mujer demasiado joven para tener esas dos hijas demasiado crecidas. La abuela Beatriz pasaba los días en una mecedora de mimbre, ciega desde hacía varios años, lo cual explicaba por qué sus cartas intermitentes se habían interrumpido de un día para el otro. A Aurelia le gustó volver a sentir en la piel el calor del mediodía; le gustó volver a dormir sin medias de lana, y salir de la cama con las primeras luces y una taza de café humeante entre ambas manos, y respirar hondo en el balcón del segundo piso, apoyada en la baranda de pilares rojos, sin que el aire le quemara las narices. Era otro aire, muy distinto del aire bogotano: más transparente, si así podía decirse, y de olores distintos. Eran los olores de su niñez, los olores de la vegetación y del abono y del café, y eso le gustaba. Le gustaba también no tener que dar explicaciones y que no hubiera nadie con la autoridad suficiente para pedírselas. En este lugar, pensó, podía tener a su niño. Era como empezar de nuevo, sí, como tener una segunda oportunidad. Había sido un acierto venir aquí, o un golpe de suerte la obligación de hacerlo.

Dejó de escribir columnas, por supuesto, pero no lo echó de menos: el cuidado de la abuela, junto al de su propio embarazo, le copaba todas las horas, todas las energías. Durante esos meses vivió ausente del mundo de afuera, ignorante de lo que pasaba en la guerra europea, ajena a Hitler y a Mussolini y a las luchas intestinas de la política colombiana, que reflejaban o reproducían las tensiones de la guerra. Aprendió sobre café, sobre las nuevas técnicas, sobre las variedades que podían traerse de otras partes y que eran más resistentes a la roya, sobre la manera correcta de sembrar la planta del banano, que da sombra y agua a los cafetales. Así, en su nuevo mundo fuera del mundo, se le escaparon los días, y las semanas, y los meses. No leyó las noticias sobre la llegada de Rommel a Libia, ni sobre la reelección de Roosevelt, ni sobre la invasión alemana a la Unión Soviética, ni supo que el nacimiento de su niño coincidió, días más o menos, con las disposiciones que ordenaban a los judíos de Alemania llevar un brazalete amarillo a manera de identificación. Las noticias salían en *El Espectador* y en la revista *Semana,* pero en ninguna parte, en ninguna sección social de ningún medio de prensa, se dio noticia del nacimiento en Nueva Lorena de Gustavo Adolfo de León. ¿Quién redactaba ahora las páginas de sociales, quién había reemplazado a Aurelia? Ella ni siquiera se hizo la pregunta.

Pasó el tiempo.

La abuela Beatriz no llamó una mañana, como era su costumbre, para que la ayudaran a llegar al comedor; cuando Aurelia fue a buscarla, la encontró caída en el suelo de madera, entre la cama y la puerta roja, con el camisón levantado hasta las caderas. Aurelia pensó que había muerto sin poder ver al niño, al nieto de su hijo, pero sobre todo que había muerto antes de que el nieto de su hijo aprendiera a hablar, y eso, por alguna razón, parecía más triste. La enterraron en el Cementerio de Los Ángeles, junto a su marido, en un mediodía de sol en que la ropa negra se calentaba y hacía sudar la espalda. La misa en la iglesia, en las escaleras que daban a la plaza, reunió a más gente de la que Aurelia había visto jamás en ese mismo sitio. Fue la primera vez que saludaba al padre Galindo, párroco del pueblo, y se sorprendió al darse cuenta de que le llevaba una cabeza de estatura. Fue la primera vez, también, que tanta gente la veía a ella, y veía a su niño y a veces le sonreía, y veía la ausencia conspicua del padre de ese niño. Gustavo Adolfo corría por ahí, entre las piernas de los mayores, emitiendo gorjeos de pajarito que poco a poco empezarían a sonar como palabras. Después del entierro, Aurelia volvió a la casa de Nueva Lorena y la encontró enorme, y esa noche durmió pensando, estúpidamente, que su abuela podía pasar a despedirse. En la cama de la abuela Beatriz no volvió a dormir nadie nunca, y la esposa de Asdrúbal sólo entraba de día y sólo para sacudir el polvo, dándose bendiciones y besando el crucifijo dorado que le colgaba del cuello.

Pasó el tiempo.

El día en que Gustavo Adolfo cumplió seis años, llegó a Nueva Lorena la noticia de que una familia entera, el padre y la madre y sus tres hijos, habían muerto asesinados en una carretera veredal del sur del Tolima, a muchos kilómetros de allí. Ni siquiera se hubieran enterado de la noticia si Asdrúbal no conociera al padre, un estafador que había empacado todo lo que tenía para buscar suerte en otra parte. Dicen que las cosas se están poniendo feas por allá, le dijo Asdrúbal con la mirada fija en la tierra. Aurelia trató de tranquilizarlo: *Por allá* era un sitio muy remoto, alejado de ellos y de Nueva Lorena y del pueblo de Salento. Le pidió que fuera a la plaza y le consiguiera *El Espectador,* y Asdrúbal volvió con el único periódico que pudo encontrar en ese pueblo pequeño y en horas de la tarde: un

Diario del Quindío del día anterior que el dueño de la Farmacia Colón le regaló por caridad. Y allí, en ocho páginas de tamaño universal, entre una foto de un cura de larga sotana y publicidades de la Chocolatería Caldas y el almacén El Buen Gusto, Aurelia confirmó que sí, en efecto, las cosas se estaban poniendo feas. Se hablaba de pueblos de Boyacá y del Valle del Cauca donde *hechos de sangre* se habían vuelto *tristemente cotidianos;* se hablaba de trampas que alguien había cometido durante las últimas elecciones; se hablaba de agresiones, pedradas, ataques con machete. Pero esto no es aquí, dijo Aurelia. Quédese tranquilo, Asdrúbal. Todo está pasando en otra parte.

Aquí había otras cosas de que ocuparse: la hacienda, los cafetales, las bestias; un niño de ojos grandes que no eran azules, sino profundamente negros, como los de su padre. Gustavo Adolfo tenía casi la misma edad que tenía Aurelia cuando llegó por primera vez a Nueva Lorena, de la mano de un desconocido que la entregó como un recado a otros desconocidos. Aurelia recordó esos años de anarquía y se dijo que a su niño podría darle las mismas felicidades, y que aquí, lejos del mundo, llevarían una buena vida. El mundo de afuera era feo; era menos feo para un hombre como el que sería Gustavo Adolfo, pero era feo de todas formas. Su tarea era proteger al niño de los zarpazos que el mundo lanzaba. Lo que pasó un domingo, en los primeros meses de 1948, se lo confirmó.

La única versión que le llegó fue la de Asdrúbal, pero no tenía ninguna razón para dudar de su veracidad. El hombre volvió a la hacienda en la tarde, después de haber ido a misa de doce, con la cara compungida, y ni su mujer ni sus hijas se detuvieron a saludar a Aurelia. Asdrúbal, vestido con pantalones de paño y medias y zapatos cerrados, se quitó el sombrero de fieltro y le contó a Aurelia que el cura la había mencionado en su sermón. No directamente, no por su nombre propio, pero ninguno de los asistentes dejó de reconocer de quién se trataba, porque sólo había una mujer europea que viviera sola en una hacienda cafetera con un hijo bastardo. ¿Bastardo?, dijo Aurelia. Así dijo el cura, repuso Asdrúbal. Y también habló del deterioro de la moral y las buenas costumbres y de que la culpa de todo la tenía el liberalismo ateo, ese veneno que corría por las venas de nuestras familias, corrompiendo a nuestros niños, que crecen sin Dios ni ley. ¿Pero bastardo?, dijo Aurelia. ¿Eso dijo? Y Asdrúbal, mirándose el sombrero que se arrugaba en sus manos, asintió sin palabras.

En abril mataron a Gaitán. Ni Asdrúbal ni su familia habían visto a Aurelia llorar como lloró ese día y los días siguientes, junto a la radio encendida que contaba con voz de alarma lo que estaba ocurriendo en Bogotá. No la habían visto llorar así ni siquiera con la muerte de la abuela Beatriz; Aurelia se dio cuenta de la extrañeza o la acusación que les bañaba la cara, pero no supo explicarse. No lloraba sólo de tristeza, la tristeza de haber conocido a ese hombre —aunque fuera brevemente: una sesión de fotos en un salón de barrio—, sino que otras emociones nuevas se le mezclaban en el pecho. La radio escupía amenazas y consignas de muerte, llamaba a la defensa y a la venganza, descubría cada día un culpable nuevo del crimen más horrendo de la historia. Aurelia la encendía con aprensión, como se abre la puerta de un cuarto donde ha sonado un ruido sospechoso, pero le bajaba el volumen si Gustavo Adolfo estaba cerca, porque se había dado cuenta de que el niño entendía más de lo que era aparente y sus juegos se habían vuelto nerviosos. Aurelia sintió que la culpa era suya, aunque no fuera así: la culpa era del mundo de afuera, el mundo feo que los invadía a través de la voz de la radio donde caían los muertos y se anunciaban otros: liberales, conservadores, guerrilleros, chulavitas. Todo esto pasa en otra parte, le decía Aurelia al niño igual que antes le había dicho a Asdrúbal. Pero esta vez sabía que estaba mintiendo, porque pronto fue claro que esta vez no era así, que en ese país en guerra todo estaba pasando en todas partes, y sólo era cuestión de tiempo hasta que la guerra se asomara por estos lados. Pero Aurelia creyó siempre que la violencia avisaba, que era como un animal cuyo paso pesado se siente en la distancia, y que ella sabría reconocer las señales y escapar a tiempo.

* * *

Los hombres llegaron una noche de enero, a la hora de la comida, mientras Aurelia y su hijo se servían una sopa de verduras con mucho ruido de cucharones de porcelana y sillas que chirrían contra el entablado del suelo. Ni Asdrúbal ni su familia los oyeron acercarse, a pesar de que los perros ladraron, y seguramente fue el ladrido lo que ocultó el sonido de las botas subiendo las escaleras. Después, cuando la gente del pueblo llegó para apagar el incendio, encontraron a los perros (o sus cuerpos carbonizados y tiesos, las patas contraídas como si amenazaran) todavía amarrados con su cadena a los árboles, como se hacía durante el día, y lamentaron que Asdrúbal no los hubiera soltado más temprano esa noche. Pero tampoco hubieran podido hacer gran cosa, porque los hombres venían bien armados con machetes y fusiles. No eran ladrones ni bandoleros, sino una cuadrilla bien entrenada de esos que la gente empezaba a llamar pájaros, y habían dejado ya varios muertos en su recorrido desde el sur. En el momento en que llegaron al segundo piso, donde estaba el comedor, y abrieron la portezuela que se cerraba por las noches justamente para que los perros no subieran, Gustavo Adolfo se había parado de la mesa para lavarse mejor las manos, porque su madre se las había examinado y había encontrado un rastro de tierra debajo de las uñas. Así que el niño oyó desde el baño los gritos y los forcejeos, y en el baño guardó un silencio aterrado mientras seguían los forcejeos y los gritos, y adivinó que a su madre la estaban bajando a la fuerza por las escaleras y preguntándole quién más estaba en la casa, dónde estaba la otra persona. Gustavo Adolfo se encaramó a la ventana del baño y se hizo pequeño para caber por ella, y saltó al balcón y lo asustó el retumbo de su cuerpo sobre las tablas, pero en cuestión de segundos ya estaba bajando por las escaleras de atrás, las que llevaban a las habitaciones de Asdrúbal y su familia, y encontró las puertas abiertas y las habitaciones vacías y no tuvo a quien pedirle ayuda. Entonces oyó más gritos, los gritos de su madre sufriendo algo indecible, y sólo supo arrancar a correr, meterse en los cafetales y bajar por la pendiente inclinada tan rápido como fuera posible, pero poniendo los pies de lado para no irse de bruces contra la tierra. Bajó unos doscientos metros, hasta el fondo del pequeño valle, y desde allí, con la piel de los brazos y las mejillas arañadas sin piedad por las ramas de los cafetos, miró hacia arriba, hacia donde estaba su casa, y vio la luz nueva que iluminaba la noche, y luego vio que esa luz era de fuego, que su casa era como una gigantesca antorcha encendida sobre el cielo nocturno.

* * *

La gente que vino a apagar el incendio —los hombres de Salento, alertados por Asdrúbal— encontró el cuerpo sin vida de Aurelia de León. No estaba carbonizado como los cuerpos de los perros, pues los hombres, después de violarla y de cortarle de un tajo la garganta, la abandonaron junto a los cajones donde se seca el grano, y el cuerpo quedó oculto tras una pared de cemento y ladrillo que lo protegió de las llamas. El párroco de Salento lamentó mucho no poderla enterrar en tierra santa, junto a sus abuelos, por razones que eran, según dijo, de dominio público; y Aurelia no tuvo a nadie que la defendiera, ni que alegara en su favor, ni que hiciera un recuento de su vida para establecer la justicia o la injusticia de esa interdicción. Para Gustavo Adolfo, desde luego, no significaba nada que su madre fuera enterrada en un cementerio distinto, y no recordaría haberse fijado ni siquiera en que el cementerio no tenía cruces ni imágenes de santos, pues tampoco su madre le había hablado nunca de santos ni le había explicado lo que significaba la cruz.

Según he averiguado, el Cementerio Libre de Circasia fue arrasado a comienzos de los años cincuenta, en las épocas más duras de la Violencia. Los ejércitos conservadores, oficiales o no, destruyeron las estatuas que homenajeaban a los fundadores, rompieron a golpes de picas las lápidas y los monumentos, arrancaron de cuajo los portones de hierro, desterraron los anturios y profanaron las tumbas. Algunos restos humanos hubieron de ser trasladados a otros lugares, pero otros nunca se recuperaron (los profanadores fueron concienzudos y metódicos en causar la mayor ofensa posible). La placa que encontré sobre la araucaria me indica, por supuesto, que los de Aurelia de León estuvieron entre los restos perdidos. No sé, no podría nunca saber, dónde están ahora esos huesos tristes. Tampoco sé quién puso la placa en la araucaria, aunque sé que la reconstrucción del cementerio tuvo lugar en los años setenta, cuando ya la guerra partidista había terminado, de manera que la fecha de la placa resulta sugerente: quien la haya puesto, la puso muy pronto después de que el cementerio fuera rehecho. No sé quién fue esa persona, digo, pero lo puedo imaginar: imagino a Gustavo Adolfo, el niño que salvó su vida escondiéndose entre los cafetos, dejando de ser niño y convirtiéndose en adulto, y casándose muy joven para paliar la soledad de su vida de huérfano, o tal vez no casándose nunca, acostumbrándose a la soledad como su madre se acostumbró a la suya, pero con la ventaja de poder defenderse de las compañías indeseadas con los versos de León de Greiff, a quien su madre conoció antes de que los escribiera:

Yo deseo estar solo. Non curo de compaña.
Quiero catar silencio, mi sola golosina.

Así lo imagino, sí, ese retrato me gusta más: el retrato de un hombre solitario que un día, pasada la treintena, manda a hacer una placa y la pone en el cementerio donde su madre estuvo enterrada. Y tal vez eso lo lleva a recordarla, a recordar la vida de su madre, y se da cuenta de que ha empezado a componer un libro.

> *Como yo soy el Solitario,*
> *Como yo soy el Taciturno,*
> *Dejadme solo.*

Y lo termina, contando en él todo lo que oyó y recuerda y ha podido averiguar a su turno, así como yo he averiguado tantas cosas sobre él, y toma un verso que le hubiera gustado a su madre, el mismo que usó para la placa de la araucaria, y lo pone como epígrafe. Y publica el libro, acaso por su propia cuenta, y deja que se pudra en un sótano de una imprenta porque sólo le interesa que el libro exista, porque éste es el único consuelo que tenemos nosotros, los hijos de este país incendiado, condenados como estamos a recordar y averiguar y lamentar, y luego a componer canciones para el incendio.

DICCIONARIO ABREVIADO

DE

GALICISMOS, PROVINCIALISMOS Y CORRECCIONES

DE LENGUAJE

CON TRECIENTAS NOTAS EXPLICATIVAS

POR

RAFAEL URIBE U.

Primera edición

MEDELLIN
IMPRENTA DEL DEPARTAMENTO
1887

Índice

Nota del autor

Cuatro de estos relatos se han publicado con anterioridad —a veces en versiones distintas—, y aquí quisiera dejar constancia de mi gratitud con esas publicaciones y sus editores. «El doble» apareció en la antología *Bogotá 39* (Ediciones B, Bogotá, 2007; edición de Guido Tamayo) y en la antología *Schiffe aus Feuer: 36 Geschichten aus Lateinamerika* (Fischer, Frankfurt, 2010; edición de Michi Strausfeld). «Las malas noticias» apareció en la antología *El riesgo* (Rata_, Barcelona, 2017; edición de Ricard Ruiz Garzón). «Aeropuerto» apareció en la revista *AENA Arte* (Madrid, 2008) y en la antología *Les bonnes nouvelles de l'Amérique Latine* (Gallimard, París, 2010; edición de Fernando Iwasaki y Gustavo Guerrero). «El último corrido» apareció en la antología *Calibre 39* (Villegas Editores, Bogotá, 2007; edición de Luis Fernando Charry) y en la antología *The Future is not Ours* (Open Letter, Londres, 2012; edición de Diego Trelles Paz).

Mi gratitud, como siempre, va también para las primeras lectoras de este libro, que lo mejoraron con sus comentarios, sugerencias y buen juicio: Pilar Reyes, María Lynch, Carolina Reoyo y Adriana

Martínez. Y para Mariana, que no sólo leyó estos cuentos antes que nadie, sino que fue con frecuencia responsable de que me ocurrieran.

J.G.V.
Bogotá, septiembre de 2018

Este libro se terminó
de imprimir en
Sabadell, Barcelona,
en el mes de
marzo de 2019

Descubre tu próxima lectura

Si quieres formar parte de nuestra comunidad,
regístrate en **libros.megustaleer.club**
y recibirás recomendaciones personalizadas

Penguin
Random House
Grupo Editorial

 megustaleer